www.tredition.de

OLIVER GRUDKE

***

FLIEDERBLÜTEN IM JULI

www.tredition.de

© 2019 Oliver Grudke

Verlag und Druck: tredition GmbH, Hamburg

ISBN
Paperback: 978-3-7482-5511-6
Hardcover: 978-3-7482-5512-3
e-Book: 978-3-7482-5513-0

Fliederblüten im Juli

Geschrieben und vielleicht erlebt

von Oliver Grudke

„Es war ein heißer Sommer! Der Sommer 2003!"

Es ist heiß! So heiß wie damals! Morgen ist der 25. Der 25. Juli 2046 und ich habe Geburtstag. Schon wieder! In den letzten Jahren ging die Zeit zu schnell dahin, und doch bin ich zufrieden und glücklich. Unsere 3 Enkel spielen im Garten und an unserem kleinen Bächlein, das friedlich dahinplätschert. Noch nie war es versiegt. Nicht einmal damals im trockensten Sommer, den ich je erleben durfte. Ich sitze unter unserem großen Nussbaum, der kühlen Schatten spendet. Vielleicht ist er in den letzten Jahren zu groß geworden. Doch ich schaffe es nicht mehr, ihn zu schneiden. Und Philip, unser Sohn, hat einfach zu viel um die Ohren. Ein stattlicher Baum ist es geworden. Und doch war er so klein, als ich ihn im Wald hinter dem Schloss gefunden habe und in einer kleinen Tüte, die eigentlich für meine Vesper gedacht war, mit nach Hause gebracht habe. Zuerst war er klein und mickrig. Viele Jahre kümmerte er dahin. Doch ich war immer sicher, dass er mir eines Tages Kühlung und Schatten spenden würde. Und Erinnerungen!

„Opa, Opa, Opa! Das musst du dir ansehen!" Kalle, unser ältester Enkel, hält eine dicke Kröte in den Händen.

„Mensch, wo hast du die gefunden!", sage ich voller Stolz.

„Ja, da unten im Bach! Ich glaube, da gibt es noch mehr!" sagt er und greift sich einen gelben Eimer und stapft wieder die Böschung hinunter.

„Sei froh, dass Oma das nicht gesehen hat!", rufe ich ihm hinterher.

„Kröten sind doch ungefährlich!", schreit Kalle und springt in den Bach. Ich lächle. Ich habe eine gute Frau. Sie und meine Familie sind nicht selbstverständlich. Nein, vielmehr ist dies ein Glück. Glück gefolgt von Angst, dieses Wunder einmal verlieren zu können. Doch nun bin ich alt und genieße den Schutz meines Nussbaumes. Meine Frau ist eingeschlafen und ihr Kopf ruht auf meiner Schulter. Ich halte ihre linke Hand fest umschlossen.

Es ist ein schöner Tag hier in dem kleinen friedlichen Tal auf der schwäbischen Alb. Natürlich hat auch hier die Hektik Einzug gehalten, doch nun kann sie mir nichts mehr anhaben. Morgen habe ich Geburtstag. Und ich werde älter, als ich es mir je erträumt habe. Doch es war und ist noch immer wichtig für die Familie. Ich bin wichtig, denn sie lieben mich. Den Mann, den Vater und den Großvater.

Wichtig!

So wichtig, wie es ist, immer aufrichtig, ehrlich und seinen Grundsätzen treu zu bleiben. Ich habe viele Fehler, doch meinen Grundsätzen war und bin ich immer treu geblieben.

„Oma, schau, ich habe dir einen Sandkuchen gebacken!", sagt Lucia und streckt meiner Frau eine Hand voll Sand hin. Ich lache laut, was mir einen bösen Blick von Lucia einbringt.

„Waas? Oh, ja schön. Für mich?" Meine Frau spielt die Überraschte und nimmt die Hand voll Sand. Sie tut so, als würde sie davon essen.

„Gut! Sehr gut, meine Kleine!"

„Wirklich? Dann mache ich dir noch mehr, liebe Omi!"

Ich lache wieder.

„Oh, da muss ich wohl eingenickt sein!", sagt meine Frau. „Soll ich uns einen Kaffee machen!", fragt sie mich.

„Ja, das wäre toll!"

Mühevoll steht sie auf. Wir sind nicht mehr die Jüngsten und doch hatten wir ein tolles erfülltes Leben.

Ich bin dankbar und rekle mich in meinem kleinen Stuhl. Langsam sauge ich die schwüle und doch duftende warme Luft in mich auf. Fast meine ich, den Duft des Flieders wie damals zu riechen. Doch der Flieder ist längst verblüht. Und dennoch, noch immer blüht er in meinem Herzen.

Früher, als ich noch selber Auto gefahren bin, fuhr ich in der Woche zwei Mal hin. Hinaus zum Schloss. Ich kaufte mir eine Eintrittskarte und nahm an der Führung teil.

Heute bitte ich Philip, mich wenigstens einmal im Monat hinzufahren.

„Was willst du denn immer hier?", fragt er dann immer. Doch ich kann es ihm nicht erklären. Noch nicht. Ich habe niemandem davon erzählt.

Warum nicht?

Ich weiß es nicht. Vielleicht, weil ich mich etwas schäme, dass ich nicht ganz meinen Prinzipien treu blieb, oder weil es mir niemand glauben würde.

Doch ich möchte euch jetzt davon erzählen. Erzählen von der Liebe und von wundersamen Dingen. Aber auch von Hass und Rache und davon, dass es mehr gibt, als wir uns in unserer kühnsten Phantasie vorstellen können.

Doch eines ist sicher:

Seit damals war ich nie mehr allein.

Alles begann im Mai. Im Mai 2003, einem der trockensten Jahre, die ich je erlebt habe. Damals, in einer für mich dunklen Zeit.....

Ich schwitze aus allen Poren. Es ist heiß und trocken.

Das ist gut so. Mehr als das, es ist meine Chance zum Überleben. Um 4 Uhr bin ich aufgestanden und habe bereits die erste Ladung Wasser mitgenommen, um die von mir gesetzten Pflanzen zu gießen. Ein Spitzenauftrag und gleichzeitig mein einziger.

Doch das ist egal. Ich habe den heutigen Auftrag beendet und kann gleich eine Rechnung schicken. Der Gedanke daran steigert meine Stimmung und ich singe irgendeinen blöden Hit. Das Gute daran ist: Ich kann mich nicht einmal selber hören, da der Traktor einen solchen Lärm verursacht und ich wegen der Hitze alle Fenster geöffnet habe.

„Wenn ich noch einmal einen neuen Traktor kaufe, dann nur mit Klimaanlage!", sage ich laut zu mir selber.

Doch das wird nicht geschehen. Im Gegenteil, ich muss Angst haben, dass sie mir meinen roten Traktor wegnehmen.

Doch nicht jetzt und heute. Heute war ich wieder erfolgreich und habe Geld zum Tilgen der Schulden hereingearbeitet. Ich bin stolz und müde. Und hungrig. Ich habe nichts gegessen, seit ich aufgebrochen bin. Kaufen kann ich mir nichts, da ich nicht einmal einen Euro in der Tasche habe.

Mit jedem Meter, dem ich meinem Haus näherkomme, steigt die Angst, bis diese kurz vor meiner Einfahrt einen panischen Höhepunkt erreicht.

Ich biege in meinen Hof ein und stelle den dröhnenden Traktor ab. Die Stille tut gut. Zitternd steige ich ab. Kurz wird mir schwarz vor Augen und ich stütze mich am Traktor ab. Ich schließe das Büro auf und ignoriere den Anrufbeantworter. Ich hole mir eine kleine Cola aus dem Gewölbekeller. Ich muss jetzt etwas trinken. Doch als ich zurückkomme, klingelt es an der Bürotür.

Die Panik erfüllt jetzt alles in meinem Körper. Fast kann ich nicht mehr klar denken. Meine Augen erkennen den dunklen Audi. Den Audi, der fast jeden Freitag kurz in meiner Einfahrt parkt. Seit der Insolvenz.

Ich öffne die Tür, denn ich habe keine andere Wahl.

„Grüß Gott, Herr Klaar, wie geht es?", sagt der Gerichtsvollzieher und stellt seine dunkelbraune, lederne Mappe auf meinen Bürotisch ab. Er ist freundlich und nie vorwurfsvoll oder herablassend. Ich bin froh, dass er so ein netter Mensch ist.

„Er macht ja nur seinen Job", denke ich und lächele auch.

„Gut, es geht gut!", sage ich und spiele über die Tatsache meiner Panik hinweg.

„Ja, warm ist es! Zu warm! So, da habe ich heute gleich zwei Sachen. Das sollten Sie mir dann schnell überweisen, ja?"

„Oh, ja klar, mache ich gleich anschließend!", lüge ich und schaue nicht einmal auf die Unterlagen, die er auf den Schreibtisch legt.

Wozu auch? Ich kenne ja alle, denen ich Geld schulde. Wenn ich das jetzt bezahle, dann kann ich den anderen Verpflichtungen nicht nachkommen und dann kommt Herr Wunderlich nächste Woche wieder.

Doch das tut er sowieso.

„Ich mach mir Sorgen um meinen Wald", sagt er und schaut sorgenvoll zum Himmel.

„Oh, für mich ist es gut! Ich gieße jeden Tag, das bringt Geld."

„Ja, dann!", sagt er, gibt mir die Hand und fährt weiter den Ort hoch. Also gibt es in meinem kleinen Dorf noch jemand, der Probleme hat.

„Probleme!", murmele ich und ziehe den Taschenrechner heraus und tippe Zahlen ein.

534 Euro brutto habe ich heute verdient. 1.238,90 Euro muss ich bis Montag an Herrn Wunderlich überweisen, sonst ist er gezwungen, andere Maßnahmen anzuwenden. Die Cola ist mir zu warm. Ich beschließe nach oben in die Wohnung zu gehen und mir eine Kalte aus dem Kühlschrank zu besorgen.

Die Wohnung ist angenehm kühl. Meine Frau hat Spätschicht. Sie weiß von den meisten Problemen nichts.

Warum nicht?

Vielleicht, weil ich Angst habe, sie dann zu verlieren. Und bestimmt, weil ich mich unheimlich dafür schäme. Niemand will mit einem Versager zusammen sein, da bin ich mir sicher.

Ich öffne den Kühlschrank und entnehme eine eiskalte Cola.

Es läutet an der Wohnungstür. Panik! Zittern! Angst!

Verstohlen schaue ich durch die Ritzen der Jalousie.

Da steht ein Mann! Mit einer braunen ledernen Mappe. Er schaut grimmig!

Ich kenne ihn nicht! Doch sicherlich schulde ich ihm Geld.

Er läutet erneut.

Weglaufen geht nicht.

Ignorieren geht nicht.

Ich bin vieles, doch nicht feige.

Ich öffne die Tür.

„Finanzamt. Herr Klaar?"

„Ja?"

„Ich muss eine Forderung vollstrecken!", sagt er und schaut mich herablassend und mitleidig an. Als wollte er sagen: „Natürlich bei einem wie dir! Versager!"

Das Wort vollstrecken lässt alles in mir erzittern. Mir wird schwindelig. Der Gerichtsvollzieher kramt in seiner Tasche. Ich hasse diese Taschen. Er legt einige Unterlagen auf meinen Küchentisch. Der Ort, an dem ich esse. Ich weiß nicht, wo diese Unterlagen schon überall gelegen haben. Ich finde das ekelig.

„Das kann nicht sein! Und im Übrigen war gerade ein Gerichtsvollzieher da!", sage ich mit belegter Stimme, die nicht nach meiner Stimme klingt.

„Das Finanzamt hat seine eigenen Vollstreckungsbeamten!", sagt er kühl und unterschreibt auf der Rückseite eines der Formulare.

Ich werfe einen Blick darauf und alles beginnt sich zu drehen. Dort stehen über 20 000 Euro an Forderungen. Forderungen, die nun bei mir vollstreckt werden sollen. Doch ich habe keine Schulden beim Finanzamt. Meine in Insolvenz befindliche GmbH schon. Es ist ein Fehler. Ja, es muss ein Fehler sein!

„Das ist falsch! Der Schuldner bin nicht ich, sondern die Klaar Service GmbH!", sage ich und meine Stimme wird brüchig. Mein T- Shirt klebt an mir.

Der Mann beachtet mich nicht. Er würdigt mich nicht einmal eines Blickes.

„Das hat schon seine Richtigkeit. Das Finanzamt macht keine Fehler! Schönen Tag noch!", sagt er kühl und verlässt mein Haus. Als er unten an der Treppe kehrt macht und zu seinem Auto geht, wirft er mir noch einmal einen mitleidigen Blick zu. Ich kann diesen Blick erkennen, als würde ich in einem Buch lesen:

„Du Versager hast keine Chance!", steht da.

Ich zittere und setze mich an den Küchentisch. Ich lese. Nach den Unterlagen schulde ich, Philip Klaar, dem Finanzamt 22.345,40 Euro Umsatzsteuer plus Zinsen. Die gleiche Summe, die die Klaar Service GmbH, dem Finanzamt schuldet. Es ist ein Fehler! Es muss ein Fehler sein!

Als ich umblättere, sehe ich, dass nun alle meine Konten gepfändet wurden! Schlimm ist dies nicht, da auf keinem ein Guthaben war. Doch nun kann ich keine Überweisungen mehr ausführen. Und somit nicht die anderen Schuldner bedienen. Das Kartenhaus stürzt zusammen. Die Panik in mir erreicht einen noch nie dagewesenen Höhepunkt. Ich möchte schreien und weglaufen.

Doch wohin?

Es gibt keinen Ort, wo ich hinlaufen könnte.

Es gibt niemanden, der mir hilft.

Da ist niemand, dem ich diese Dinge erzählen könnte.

Ich bin allein.

Doch, es gibt einen: Sepp Birkner! Mein Steuerberater. Er hilft mir. Hat er immer gemacht und dies, obwohl ich seit 3 Jahren keine seiner Rechnungen mehr bezahlt habe. Er hat nie gemahnt, gedroht oder mir gekündigt.

Nein, im Gegenteil, er hilft.

Er ist ein Freund und ich werde alle seine Rechnungen bezahlen.

Dafür kämpfe ich!

Ich steige die hölzerne Treppe hinunter zurück in das Büro. Ich sollte etwas essen, doch der Hunger ist weg. Dafür hat sich in meinem Magen ein Stein breit gemacht. Zumindest fühlt es sich so an. In meiner linken Hand halte ich krampfhaft die Unterlagen, die der Vollstreckungsbeamte vom Finanzamt auf meinen Küchentisch gelegt hat. Ich bin erleichtert, dass meine Frau bei der Arbeit ist.

Spätdienst.

Als ich die Papiere auf meinen Schreibtisch lege, sind sie zerknüllt. Ich habe diese wohl zu fest in meiner Hand gehalten. In meinem Inneren möchte ich sie zerreißen oder verbrennen.

Doch das ändert nichts.

Ich atme tief ein und wähle die Nummer, die ich auswendig kenne.

„Kanzlei Birkner Müller!", meldet sich die freundliche Stimme meiner Buchhalterin.

„Philip Klaar hier, hallo Frau Müller! Könnte ich wohl den Chef sprechen?"

„Klar, der ist gerade frei! Ich verbinde!"

„Danke!"

Eine klassische Musik läuft, während ich in der Warteschleife bin. Sie soll beruhigen, doch bei mir erzeugt sie nur noch mehr Panik. Ich frage mich, warum er nicht abnimmt.

Doch ich könnte es ihm ja nicht verdenken? Warum sollte er auch nur noch 1 Minute für mich tätig sein? Ich, der Versager, der nicht einmal eine seiner Rechnungen bezahlt.

Er nimmt ab.

„Ich grüße Sie!"

„Ja hallo, ähm, ich habe da ein Problem!"

„Ich höre?" Seine Stimme klingt freundlich und gespannt.

„Das Finanzamt möchte die Steuerschulden der Klaar GmbH nun von mir haben!", sage ich mit einer Stimme, die nicht meine ist.

„Nein, das geht überhaupt nicht! Da kommen die nicht mit durch!"

„Doch, da war gerade einer da und hat sogar alle Konten gesperrt!"

Stille!

„Hmmm! Also alle Unterlagen mir faxen! Ich werde sofort Einspruch einlegen! Damit haben die keine Chance!", sagt Herr Birkner, mit dem ich immer noch per Sie bin.

„Echt?", frage ich, da ich kaum glauben kann, dass es ein Fehler ist.

„Sicher! Alles mir schicken, aber gleich, dann regele ich das!"

„Auch das mit den Konten?"

„Auch das! Tschau!"

Er hat aufgelegt. Eine enorme Welle der Euphorie durchströmt meinen Körper. Ich lege alle Unterlagen auf das Fax und gebe die Nummer ein, die ich auswendig kenne.

Die Euphorie wird stärker und ich hüpfe, während das Fax durchgeht.

Es war ein Fehler.

Es musste ein Fehler sein.

Ich möchte meine Frau anrufen. Ihre Stimme hören, nur kurz. Ich brauche sie, ich liebe sie.

Ich wähle die Nummer, die ich auswendig kenne.

Doch schnell lege ich auf, noch bevor das Freizeichen ertönt.

Zweifel ringen die Euphorie nieder.

Was, wenn ich störe?

Was, wenn sie keine Zeit hat.

Ihr Beruf fordert sie stark. Sie hat viel Verantwortung.

Sicher störe ich nur!

Doch ich möchte sie sprechen, nur kurz! Das Gefühl nach Nähe und Geborgenheit verdrängt die Zweifel und gewinnt die Oberhand.

Das Freizeichen ertönt lange! Fast zu lange, doch gerade als ich auflegen will, nimmt jemand ab.

„Station 3, Pfleger Markus!" Die Stimme klingt gehetzt. Meine eigene Stimme klingt wieder belegt und unsicher.

„Ja, hallo, ich bin es, der Philip! Kann ich meine Frau sprechen?"

„Oh, du, die Susanne ist gerade bei der Visite. Soll ich was ausrichten?"

„Nein, war nicht so wichtig!"

„Ja, oder soll sie zurückrufen?"

„Nein, nein, war nicht so wichtig! Also bis dann!", sage ich und lege auf. Nun habe ich rote Wangen und bin nervös. Ich habe gestört, und das wollte ich nicht! Hätte ich doch nicht angerufen. Die Zweifel sind zurück und lähmen alles in mir.

Ermattet falle ich zurück auf den Bürostuhl. Erst jetzt richtet sich mein Blick auf den alten Anrufbeantworter, der oben rechts an meinem Schreibtisch steht. Er blinkt! Jemand hat eine Nachricht hinterlassen.

Nun ist die Panik zurück!

Wer kann das sein?

Was will derjenige?

Es kann nichts Gutes sein. Sicher jemand, dem ich Geld schulde.

Ich zittere und möchte die Nachricht nicht anhören.

Ich könnte sie ignorieren!

Ich könnte sie löschen!

Doch das bringt nichts!

Ich kann nicht weglaufen, denn es gibt keinen Ort, wohin mich der Weg führen würde.

Ich zittere so stark, dass ich mit zwei Händen den Knopf der Wiedergabe drücken muss.

Es riecht modrig und nach kaltem Rauch. Es ist aber kein Zigarettenrauch, denn der würde angenehm nach Menthol duften. Denn es wäre mein Rauch. Die Sonne steht schon tief und lässt den Raum in einem goldenen Licht erscheinen.

Dies verstärkt den Prunk um ein Vielfaches. Selbst an dunklen Tagen im Winter leuchtet das Gold der Wände, als schiene die Sonne herein.

Ich gehe über den hellen Marmor, der zusammen mit dunklem Basalt in Rautenform den Raum noch größer erscheinen lässt. Die hohen Absätze meiner Schuhe erzeugen ein klackendes Geräusch.

Das gefällt mir.

Doch deswegen habe ich die Schuhe mit den fast 15 cm hohen Absätzen nicht angezogen. Mir geht es um die Größe. Ich möchte groß wirken!

Der erste Eindruck ist immer der Wichtigste. Und hier spielt die Größe eine nicht zu unterschätzende Rolle.

Ich öffne die zweiflügelige Tür und trete auf die Terrasse.

Es ist heiß, aber nicht schwül. Eine trockene Wärme verspricht einen aufregenden Sommer.

Doch so weit ist es noch nicht.

Ich gehe über die Terrasse aus gelbem Sandstein. Am Ende steht ein dunkelroter Flieder.

Er blüht und duftet betörend und der Duft macht mich nervös. Aber es ist auch mein Duft. Deshalb gibt es überall um das Schloss herum und im Park Fliederbäume. Ich gehe zurück und atme tief ein.

Jetzt rieche ich den Duft des Flieders, der betörend überall in der Luft liegt. Ich gehe zurück in den Raum und öffne alle Fenster. Ich möchte, dass die Bibliothek nicht mehr modrig und nach kaltem Rauch riecht, sondern nach Flieder.

Der Geruch eines neuen Anfangs! Die Sonne hat nun den Weg direkt durch das geöffnete Fenster gefunden und beleuchtet die Bibliothek.

Ich gehe durch die Strahlen wieder hinaus auf die Terrasse.

Es ist lange her!

Zu lange, doch mein Herz hat mich hierhergeführt.

Ich habe die Menschen nie gemocht. Nein, ich möchte sogar weitergehen, ich habe sie gehasst. Und doch hat mein Herz mich hierhergeführt.

Ich weiß, dass ich verletzt werde.

Ich weiß, dass ich mir etwas nehme, was nicht mein ist.

Nicht für lange, vielleicht nur kurze Augenblicke, doch das ist es mir wert.

Wert, zurückzukommen.

Wert, die Gefahr auf mich zu nehmen.

Das Gefühl des Schmerzes und der Enttäuschung zu ertragen.

Doch mein Gefühl hat über die Vernunft gesiegt. Hier werde ich ihn finden. Den Einzigen unter all den Schlechten. Der, der es wert ist, all das auf sich zu nehmen.

Ich stecke mir eine Zigarette an. Das Menthol vertreibt den Duft des Flieders für einen Moment. Mein Blick schweift über den Park, der mit seinen alten und dicken Eichen im Schein der nachmittäglichen Sonne friedlich da liegt.

Auf der Wiese in der Mitte äst das Rudel der Hirsche. Der Große hat mich erkannt und stolziert um seine Gruppe herum. Sein Geweih ist noch nicht voll ausgebildet. Noch trägt er den Bast. Jetzt blickt er mich an, als könnte er über diese große Entfernung in meine Augen oder in mein Herz sehen. Vielleicht will er mich ermahnen und sagen:

Gehe zurück, die Menschen sind es nicht wert.

Doch, einer, werde ich ihm antworten. *Genau der Eine!*

Aber du wirst ihn nie besitzen, wird er dann sagen und ich weiß, dass er recht hat.

Jetzt reckt er seinen Hals, um dann sein Geweih und seinen Kopf leicht zum Gruß zu senken. Ich erwidere den Gruß und hebe die rechte Hand.

Auf einmal ist es da. So wie es immer war. Der Schmerz, den ich spüre. Es ist Angst, ja Panik und Furcht.

Er hat Angst, Panik und Furcht.

Doch nun bin ich da und werde das Böse vertreiben!

Ich habe den Wiedergabeknopf gedrückt. Schweiß sammelt sich auf meiner Stirn und rinnt in einem kleinen Bächlein an meiner Schläfe herunter. Meine blonden Haare kleben an meinem Kopf.

Sicherlich sehe ich furchtbar aus.

Doch da ist keiner, der es sehen könnte. Ich halte den Atem an, während das Band zurückspult. Ein Klack gibt mir zu erkennen, dass es zurückgespult ist.

Es ist eine lange Nachricht.

Deshalb kann es nur etwas Schlechtes sein.

Ein Pfeifton zeigt den Beginn der Nachricht an.

„Kanzlei Dr. Rebermann! Hallo, Herr Klaar. Herr Klaar, ich würde gerne in einer dringenden Angelegenheit einen Termin mit Ihnen vereinbaren. Bitte rufen Sie mich umgehend zurück, wenn Sie die Nachricht abhören.

Sie erreichen mich unter 07075/8900.

Danke!"

Das Band pfeift wieder und ich drücke die Stopp-Taste.

Noch jemand, der Geld von mir möchte. Natürlich, was hätte es denn sonst sein sollen.

Ich drücke noch einmal die Wiederholtaste, da ich mir die Nummer nicht gemerkt habe.

Ich zittere und bin zu langsam. Also muss ich noch einmal die Ansage anhören.

Nun zum dritten Mal.

Ich wähle die Nummer, die ich mir nicht merken kann. Mir wird schwarz vor Augen. Ich werde versuchen, eine Ratenzahlung zu vereinbaren. Doch eigentlich ist dafür kein Spielraum mehr und die Konten sind gesperrt.

Das Freizeichen ertönt lange. Innerlich hoffe ich, dass niemand abnimmt. Doch was würde das bringen? Einen Aufschub? Wie lange, bis morgen früh? Eigentlich ist es egal.

Ich kann nicht weglaufen!

Es gibt keinen Ort!

An manchen Tagen denke ich, dass der Tod ein Ausweg wäre.

Heute ist so ein Tag!

„Dr. Rebermann!", sagt eine freundliche Stimme plötzlich.

„Äh, ja, Klaar, Philip Klaar! Sie haben angerufen!", sagt meine Stimme, die nun endgültig die Stimme eines anderen ist. Sie wirkt gedämpft, zittrig und schwach.

„Herr Klaar! Schön, dass Sie so schnell zurückrufen!", sagt die Stimme, die einer Frau gehört.

„Ich möchte mich entschuldigen! Könnten wir eine Ratenzahlung vereinbaren!", stottere ich in das Telefon.

Stille!

Vielleicht möchte sie keine Ratenzahlung. Doch das ist mir egal. Anders geht es nicht.

Dann stürzt das Kartenhaus zusammen.

Und ich? Ist der Tod eine Lösung?

„Jaaaa, also ich weiß jetzt nicht …!"

„Ich kann auch gleich die erste Rate überweisen!", lüge ich.

Noch ist der Überlebenswille stark. Zu stark! Ich kämpfe wie ein Löwe. Das ist das Tier, dass ich als Sternzeichen habe: einen Löwen.

Bin ich deshalb genauso stark?

Nein, ich bin schwach und zittere jetzt am ganzen Körper.

Gut, dass dies niemand sehen kann. Ich muss jetzt mein linkes Knie mit der linken Hand festhalten, so stark zittert es.

„Hmmm! Wissen Sie, Herr Klaar, ich möchte eigentlich einen Termin wegen eines Auftrages mit Ihnen vereinbaren. Ich denke, da könnten wir schon in Raten zahlen, doch aber auch in einer Summe. Oder wenn Sie einen Vorschuss benötigen, dann …"

Es trifft mich wie ein Blitz. Als würde eine unkontrollierte Ladung Strom durch meinen ganzen Körper strömen.

Ein Auftrag! Sie möchte mir einen Auftrag erteilen.

„Ein Auftrag!", schreie ich sicherlich zu laut in das Telefon. Ich entschuldige mich sofort dafür und lehne eine Vorschusszahlung dankend ab.

Sicherlich könnte ich diese gut gebrauchen, aber es wiederstrebt mir, Geld anzunehmen, wenn ich dafür noch nicht gearbeitet habe.

Was wäre, wenn ich sterben würde?

Was wäre, wenn ich krank werden würde?

„Könnten Sie denn heute noch?", fragt die Stimme, zu der ich mir kein Bild machen kann.

Heute noch?

Nein, das kann ich nicht! Ich habe immer noch nichts gegessen und auch keine Kraft mehr. Nicht heute noch!

„Ich müsste mir die Sache erst einmal ansehen!", sage ich schüchtern. Vielleicht wird sie jetzt absagen. Ich bekomme wieder Angst. Ich brauche doch jeden Auftrag. Vielleich kann man das Kartenhaus noch stützen.

„Selbstverständlich! Das heißt, Sie haben auf jeden Fall Kapazität frei!", sagt sie mit einem freudigen Unterton.

Natürlich habe ich das! Mehr als genug! Doch das drückt den Preis. Wenn Auftraggeber merken, dass man alles um fast jeden Preis ausführt, hat man verloren.

„Ja, gut, also ich müsste da einiges noch abklären, aber irgendwie lässt sich das schon noch dazwischen schieben", lüge ich und meine Stimme wirkt plötzlich kraftvoller.

„Schön! Meinen Sie, Sie könnten sich noch heute mit Frau von Löwenstein treffen?"

„Mit wem?" Ich wirke wieder unprofessionell.

„Ihr Auftraggeber, oder besser die Auftraggeberin. Frau von Löwenstein benötigt eine zuverlässige Firma für Forstarbeiten. Und da wurden Sie uns empfohlen."

Empfohlen! Mein Körper fühlt sich an, als schwebe er. Jemand hat mich empfohlen. Also ein Lob kommt nun doch sehr selten vor. Aber es tut gut!

Meiner Seele und meinen Nerven.

Vielleicht bin ich doch kein Versager.

Vielleicht geht es weiter!

„Und?", sagt die sanfte Stimme der netten Frau. Ist sie nett? Ich weiß es nicht, da ich sie ja nicht kenne. Doch im Moment, da ich von ihr einen Auftrag vermittelt bekomme, ist sie nett.

Sehr sogar!

Ich habe immer noch nicht geantwortet.

„Ja, das ginge!" sage, ich, ohne zu wissen, wo ich hinmuss.

„Fein! Sagen wir, so um 16.00 Uhr?"

„16.00 Uhr ist perfekt!"

„Also dann 16.00 Uhr! Ich gebe Frau von Löwenstein Bescheid. Sie erwartet sie dann."

„Oh, ähm, ja, wo muss ich denn hinkommen?", sage ich gerade noch rechtzeitig, bevor die nette Frau mit der sanften Stimme auflegt.

Ich wirke nicht nur unprofessionell, nein, ich bin unprofessionell.

„Direkt zum Schloss! Sie kennen das Schloss Löwenstein?" Die Frage klingt schon fast vorwurfsvoll. Als wollte sie sagen: Wenn Sie das nicht kennen, brauchen Sie gar nicht erst zu kommen!

„Ja, natürlich!", lüge ich und versuche meine Stimme kraftvoll erklingen zu lassen.

„Ja, dann vielen Dank für Ihre Zeit, Herr Klaar!" Sie hat aufgelegt.

Ich schaue auf die alte silberne Uhr, die über meinem Schreibtisch hängt. Diese Uhr hat einmal die Schwester meiner Oma ihr geschenkt.

Es ist bereits 15.00 Uhr!

Schloss Löwenstein.

Schloss Löwenstein?

Ungefähr 15 km von meinem Heimatort gibt es so ein Schloss. Doch da ist eine Pizzeria untergebracht. Das hat auf jeden Fall mein Schwager gesagt.

Ob ich da jetzt hinfahren soll?

Vielleicht ist es ein anderes Schloss Löwenstein, viel weiter weg!

Zweifel greifen mein schon sehr ramponiertes Nervenkostüm an.

Nein, dann hätte sie mir mehr Zeit gegeben.

Mein Hemd ist durchgeschwitzt. Ich stinke!

Ich gehe unter die Dusche.

Das Wasser ist kalt. Es tut gut. Doch nachher werde ich die Heizung einschalten. Meine Frau muss warm duschen.

Ich renne aus dem Haus und starte den kleinen Audi A3.

Ein schönes Auto. Doch sicherlich bald nicht mehr meins.

Eigentlich ist es nicht meins, denn ich habe es ja noch nicht bezahlt.

Und ich bin 3 Raten im Rückstand. Das ist sicherlich nicht gut. Doch ein Auto brauche ich, sonst stürzt das Kartenhaus zusammen. Ich verdränge den Gedanken und konzentriere mich auf die neue Aufgabe; dabei fahre ich die Straßen, die ich kenne.

Eine von und zu erwartet mich ...

Wie wird sie sein? Nett oder aristokratisch? Hochnäsig oder eine Frau von Format?

In einem bin ich mir sicher: Sie ist alt.

Warum? Alle Adeligen sind alt? So wie der Adel, oder?

Habe ich jetzt Vorurteile? Ich hoffe nicht, denn eigentlich hasse ich Vorurteile.

Ich habe noch nie von dem Adel gehört. Hier gab es immer nur den Fürsten. Doch der ist seit bald 200 Jahren weg.

Ausgestorben, sagt man. Eigentlich interessiere ich mich für Geschichte, doch jetzt bin ich entsetzt, wie wenig ich von der Geschichte meiner Heimat weiß.

Aber ich habe auch keine Zeit und kein Interesse an den Dingen. Es geht derzeit um mein nacktes Überleben.

Plötzlich erscheint ein Dorf. Ich will nicht in das Dorf. Das war nicht mein Ziel! Ich will zum Schloss.

Zum Schloss, wo ich noch nie war.

Zum Schloss, wo ich nicht einmal weiß, wo es genau ist.

Zum Schloss, wo ich nicht einmal sicher bin, dass es das Richtige ist.

Ich wende in 3 Zügen und übersehe aus lauter Aufregung ein Fahrzeug, dass mich überholen will. Der Fahrer hupt und droht mit der Faust.

Es ist nichts passiert, doch ich bin schon wieder nass geschwitzt. Mein hellblaues Hemd klebt an meinem Körper.

Ich hätte nicht noch ein Unterhemd drunter ziehen sollen.

Doch ich trage immer Unterhemden.

Unterhemden und lange Hosen!

Im Winter sogar lange Unterhosen, denn es ist kalt im Wald!

Ich fahre wieder an einem Ortschild vorbei. Es ist die Stadt, aus der ich direkt zum Schloss fahren wollte. Jetzt habe ich die Zufahrt schon wieder nicht gefunden. Doch diese muss genau zwischen der Stadt und dem kleinen Ort liegen. So ist es auf meiner alten Karte eingezeichnet.

Ich werde immer nervöser und beginne wieder zu zittern. Gegessen habe ich immer noch nichts. Ich wende und überlege, ob ich jemanden nach dem Weg fragen soll.

Doch dazu fehlt mir der Mut.

Ich fahre die Strecke, die ich nicht kenne, erneut, doch dieses Mal ganz langsam. Ein dicker Mercedes hinter mir gibt mir Lichthupe.

Soll er doch überholen, denke ich.

Da! Auf einmal sehe ich das Schild!

‚Schloss Löwenstein' steht da und daneben ist ein Wappen.

Ich freue mich und biege in den kleinen Teerweg ein, der nach 100 Metern in einem dichten und dunklen Fichtenwald verschwindet.

Das Wappen merke ich mir nicht.

Er kommt!

Ich spüre es, denn mein Herz schlägt schneller. Meine Nervosität steigt und ich spüre, dass ich rote Wangen habe, die glühen, als hätte ich zu lange in der Sonne gestanden.

Vor lauter Nervosität konnte ich nicht ruhig sein. Nicht sitzen, nicht stehen, einfach nichts.

Jetzt habe ich in alle Vasen Fliederzweige gesteckt. Sogar in die große Bodenvase in der Bibliothek. Jede Vase hat eine andere Farbe von Fliederzweigen bekommen.

Nun ist auch der Duft perfekt.

Mein Duft!

Der Duft nach Flieder!

Ich muss mich umziehen, unbedingt! Doch was ziehe ich an? Einen Rock, ein Kleid, eine Hose?

Ich benehme mich wie eine Teenagerin bei ihrem ersten Date.

So fühle ich mich auch.

Aber es ist ja auch mein erstes Date.

Zumindest seit einer sehr langen Zeit. Und so ein Date habe ich noch nie gehabt und das werde ich nie wiederhaben.

Es werden die Momente sein, die zählen. Nur Augenblicke, kleine Augenblicke. Mehr steht mir nicht zu.

Doch das ist egal, egal im Moment. Denn:

Er kommt!

Fast unendlich kommt mir der dichte Fichtenwald vor. Doch dann öffnet er sich und vor mir liegt eine offene Landschaft mit üppigen Wiesen und am Horizont mächtige Bäume.

Die Straße ist gesäumt von mächtigen, unvorstellbar dicken Eichen und Linden.

Eine innere Ruhe überkommt mich, wie ich sie noch nie verspürt habe.

Ich fahre weiter die Allee entlang. Fast meine ich, die alten Bäume verneigen sich mit ihren Ästen vor mir und sagen:

Schön, dass du zurück bist, schön dass du da bist!

Aber ich war ja noch nie hier, und doch kommt mir alles vertraut vor.

Ich habe vielleicht ein Déjà-vu.

Die Sonne steht schon tief und alles leuchtet in angenehmen warmen Farben.

Ich werde noch ruhiger.

Die Teerstraße hat nun in eine Schotterstraße gewechselt. Mein Audi wirbelt Staub auf.

Das gefällt mir.

Ich lache und gebe Gas. Die Staubwolke entwickelt sich zu einem kleinen Sandsturm.

Ich lache laut und habe sogar das Fenster heruntergekurbelt.

Ich weiß nicht, wann ich das letzte Mal gelacht habe.

Ein Straßenschild taucht auf und zeigt mir an, dass ich nur noch 30 km schnell fahren darf.

Ich fahre langsam und ein nächstes Schild taucht auf: ‚Vorsicht Schranke!', steht da.

Ich schalte herunter und fahre nur noch in Schrittgeschwindigkeit. Nach einer kleinen Anhöhe tauchen zwei Säulen aus Stein auf. Auf jeder der Säulen steht ein Löwe aus Sandstein. Beide Löwen tragen Rüstungen. Der Rechte hält einen Morgenstern in seiner Pranke. Der Linke eine Streitaxt. Mit der freien Pfote machen sie eine einladende Geste, als ob sie mich willkommen heißen. Die

Visiere ihrer Helme sind geöffnet und die Augen der Tiere wirken echt.

Doch sie sind nur aus kaltem Stein.

Nach den Säulen steht rechts ein Schild:

Schloss Löwenstein

Verwaltung

Forst

Residenz

PRIVAT!

Zutritt nur für eingeladene Besucher!

Ich beginne wieder zu schwitzen.

Bin ich eingeladen? Ja, doch, sicherlich. Neben dem Schild ist eine Sprechanlage. Ich schalte den Motor ab und steige aus. Es ist still und ruhig. Nur die Vögel singen ihre Lieder. Hinter dem Schild ist eine sehr moderne Schranke. Sie passt nicht zu den Löwen.

Warum war ich noch nie hier?

Hier, wo so viel Natur und Frieden ist.

Ich würde mich am liebsten nur hier unter einen der alten Bäume setzen. Nur sitzen und den tiefen Frieden und die Stille genießen.

Danach dürstet es mich.

Doch deswegen bin ich nicht hier!

Ich drücke den Knopf.

Obwohl es so still ist, gehe ich in die Hocke, damit ich besser hören kann. Meine Nervosität kommt zurück.

Habe ich schon etwas verpasst? Ich gehe noch näher an die Sprechanlage.

Es knackt!

„Schloss Löwenstein!", sagt eine tiefe Stimme ohne Akzent.

Das ist sicherlich nicht die Fürstin!

Fürstin? Ist es überhaupt eine? Ich weiß es nicht und meinen Gedanken schweifen wieder ab. In die Struktur des Adels.

Von der ich nichts weiß.

„Hallo! Wer ist denn da?"

Ich räuspere mich.

„Klaar, Philip, also Philip Klaar! Ich habe einen Termin bei Frau von Löwenstein!", sage ich noch als Begründung für mein Eindringen.

Sicher, es ist kein Eindringen, und doch komme ich mir so vor. Auch ist mir mein Dialekt noch nie so aufgefallen. Der totale Gegensatz zu dem perfekten Deutsch des Mannes am anderen Ende der Sprechanlage.

„Gewiss!", sagt die tiefe Stimme.

Fast lautlos surrt die Schranke nach oben.

„Fahren Sie bitte direkt vor das Haupthaus! Sie werden erwartet!"

Ein Klacken gibt mir zu erkennen, dass der Mann aufgelegt hat.

Ich steige in den Audi und fahre los.

Die Alle geht weiter, als würden die alten Bäume mich eskortieren.

Plötzlich fällt die Straße ab und vor mir liegt das Schloss Löwenstein.

Ich halte an, denn die atemberaubende Schönheit des barocken Schlosses überwältigt mich. Inmitten eines großen Parkes, der geometrisch angelegt ist, liegt das Schloss aus gelbem Sandstein. Alle Wege führen fächerförmig auf den Mittelpunkt des zweiflügeligen Baus zu.

Der Mittelpunkt ist ein rundes Gebäude, auf dessen Dachterrasse noch ein kleiner Turm steht. Darauf weht eine Fahne.

Ich fahre weiter. Im Schritttempo, denn ich kann meine Augen nicht von dem Gebäude nehmen.

Alles glänzt und wirkt neu, und doch ist es ja alt.

Mein Weg ist genau in der Mitte des Fächers. Also kann ich nicht fehlgehen. Links und rechts des Schlosshofes stehen noch zwei kleine Gebäude. Die Fensterrahmen sind weiß. Überall blüht und Grünt es.

Ich fahre noch langsamer, da ich keinen Staub mehr aufwirbeln möchte.

Ich parke den Audi inmitten des Schlosshofes und steige aus. Ein betörender Duft nach Flieder steig mir in die Nase und ein kalter Schauer läuft mir über den Rücken. Erst jetzt bemerke ich, dass überall der Flieder in unterschiedlichen Farben blüht.

Auch hier ist es still und nur die Vögel singen ihr Lied. Doch noch ein anderes Geräusch fällt mir auf. Das beruhigende Plätschern eines Brunnens. Inmitten des Schlosshofes steht ein runder Brunnen aus weißem Marmor. Das Wasser fällt über drei Becken herunter und speist dann ein kleines Bächlein, welches zwischen den Rosen verschwindet.

Mein Körper entspannt sich und dennoch spüre ich dank des Duftes von Flieder ein leichtes Kribbeln.

Ich gehe zum Brunnen und tauche meine Hand in das klare Wasser. Es ist angenehm kühl. Oben auf dem Brunnen sitzt ein junges Paar aus weißem Marmor. Er hat seine Hand um ihre Hüfte gelegt und schaut sie verliebt an. Sie hält einen kleinen Krug in ihrer linken Hand, aus dem das Wasser kommt. Ihren Kopf hat sie zu ihm gereckt und sie küsst ihn sehr verliebt auf die linke Wange.

Ich träume!

Doch deshalb bin ich nicht hier. Die Eingangstüre liegt erhöht über dem Brunnen und ist durch zwei Steintreppen aus weißem Marmor zu erreichen.

Ich nehme die linke und stehe vor einer dicken Tür aus dunklem Eichenholz. Die Tür hat zwei Flügel. Auf jedem Flügel ist wieder ein Löwe eingeschnitzt.

Dieselben Löwen, welche vorhin an der Schranke auf den Säulen standen.

Vergeblich suche ich eine Klingel, als mir rechts von der Tür ein Seil auffällt. Schüchtern ziehe ich daran.

Ein tiefer Gong ertönt und ich erschrecke.

Niemand kommt.

Ich drehe mich um und mein Blick schweift über den Park.

Von hier oben hat man einen schönen Blick. Unten weiden Tiere.

Fast denke ich, es sind Hirsche.

Doch bei uns gibt es keine Hirsche.

Ich atme tief und schon fast mit einem Seufzen aus. Je länger ich hier bin, umso ruhiger werde ich.

„Herr Klaar!" Die tiefe Stimme reißt mich aus meinen Gedanken und ich erschrecke so arg, dass ein Zucken durch meinen Körper geht. Die Tür steht offen und ein älterer Mann, der noch größer ist als ich, steht da und hält seinen strengen Blick auf mich gerichtet. Er trägt weiße Handschuhe und einen Frack. Sein Blick weckt wieder das Gefühl, ein Eindringling zu sein in mir.

„Äh ja, ich habe einen ...“ Er lässt mich nicht ausreden.

„Bitte! Treten Sie ein!“ Sein Blick drückt mich fast in den Boden. Ich gehe durch die Tür. Dahinter liegt eine Halle. Der Boden ist aus weißem Marmor. Darin sind aus schwarzem Stein Rautenmuster eingelassen, die den Raum noch größer erscheinen lassen. Ich tippe auf Basalt, doch ich weiß es nicht sicher.

Standortkunde mit all seinen Formen hatte ich als Fach während des Studiums gemocht.

Doch das ist zu lange her.

Der große Mann steht noch an der Tür. Plötzlich schließt er sie und geht mit einer unerwarteten Geschwindigkeit an mir vorbei. Er stellt sich vor mich.

„Bitte warten Sie hier! Ich melde Sie an.“

Er geht noch ein paar Schritte. Mir fallen seine groben, aber polierten schwarzen Schuhe auf.

Dann dreht er sich um und zieht eine goldene Uhr aus seiner Tasche.

„Sie sind zwei Minuten zu spät! Ich hoffe, Frau von Löwenstein empfängt sie dennoch. Sie mag keine Unpünktlichkeit!“, sagt er und verzieht dabei keine Miene. Dann dreht er sich wieder um und verschwindet im linken Seitengang.

Da ist wieder die Angst. Plötzlich und unvorbereitet vertreibt sie die Ruhe, die sich seit Langem wieder in meinem Körper ausgebreitet hat.

Natürlich bin ich zu spät.

Ich komme immer zu spät.

„Das ist meine Natur", sagt meine Frau immer.

Doch das stimmt nicht! Ich möchte pünktlich sein. Gerade jetzt wäre es wichtig gewesen. Ich weiß, der Mann kommt zurück und ich fahre den Weg, den ich jetzt kenne, deprimiert zurück.

In meinem Leben bin ich immer zu spät. Die Zeit ist immer der Faktor, der mir im Weg steht.

Wenn ich doch nur mehr Zeit hätte, ja dann.

Das Klacken der Absätze der groben schwarzen Schuhe wird immer leiser und ich stehe alleine in der Halle.

Erst jetzt fällt mir der Glanz auf. Die Geometrie vor dem Schloss setzt sich hier fort. Genau wie vor dem Eingang führen hier zwei weiße Treppen aus Marmor in den oberen Stock. Das Geländer besteht aus aneinander gereihten Säulen. Jeweils am oberen Ende sitzt ein Löwe aus schwarzem Stein und hält eine Vase. In jeder Vase sind frische blutrote Fliederblüten. Die Decke der Halle ist aus weißem Stuck mit Ornamenten. Alle Ornamente sind mit Gold überzogen.

Der Duft des Flieders, den ich schon vor dem Schloss wahrgenommen habe, ist hier drinnen noch um ein Vielfaches intensiver.

Langsam werde ich wieder ruhiger.

Wenn das nicht funktioniert, so habe ich ein schönes Schloss gesehen, sage ich zu mir selber und lächle dabei etwas.

Doch dann bleibt mir der Mund offenstehen.

Zwischen den beiden Treppenaufgängen hängt ein überlebensgroßes Ölgemälde.

Nicht nur die Größe, sondern das, was darauf zu sehen ist, verschlägt mir die Sprache.

Ich gehe näher heran.

Auf dem Bild ist eine Frau zu sehen. Sie sitzt und hält einen Bund hellrosafarbenen Flieder in ihren Händen. Sie trägt ein hellblaues Kleid mit goldenen Stickereien. Um ihre Taille sind kleine Blüten in hellem Rosa aufgenäht.

Die Frau hat goldblonde Haare und türkisfarbene Augen, fast wie die Farne eines der Seen in den Alpen.

Doch das Besondere an dem Bild ist das Lächeln der Frau.

Es ist ein warmes offenes Lachen, dass mein Herz im Sturm erobert.

„Wow!", sage ich fast zu laut. Doch es ist niemand da, der mich hören kann. Ich möchte nur hier stehen bleiben und das Bild betrachten. Alles in mir entspannt sich. Ein Gefühl, als käme man nach Hause.

Es wird mir bewusst, welches Gefühl sich seit dem dunklen Wald langsam und schleichend in mir ausgebreitet hat.

Das Gefühl, nach Hause zu kommen.

Doch ich bin noch nie hier gewesen.

Jetzt habe ich so viele Kleider und doch nichts, was ich anziehen möchte.

Was wird ihm gefallen?

In welchem werde ich ihm gefallen?

Werde ich ihm überhaupt gefallen?

Mein halber Schrankinhalt liegt am Boden.

Egal! Ich streife mir das dunkelblaue Kleid über. Es geht mir nur kurz über meinen Po und schließt mit einer blauen Spitze ab. Der Rücken ist frei.

Das muss passen.

Denn es ist ja heiß!

Zu gerne würde ich mich im Spiegel betrachten.

Doch es gibt keine Spiegel im Schloss.

Das wäre nun auch wirklich zu kontraproduktiv.

Mein Herz macht einen Sprung: Er ist da! Jetzt muss ich mich aber beeilen. Ich möchte nicht, dass er denkt, ich erwarte ihn.

Ich kann nicht die Treppe hinuntergehen, denn da wartet er auf mich. Also renne ich zum geheimen Dienstbotengang, der mich zu der versteckten Tür hinter der Säule an meinem Schreibtisch führt. Als ich die Tür schließe, schwitze ich und trage noch einmal etwas Parfüm auf. Parfüm aus dunkelroten Fliederblüten. Etwas verspritze ich noch im Raum. Ich höre die Schritte von Johann.

Ich setze mich an meinen Schreibtisch und möchte geschäftig wirken. Doch ob mir das gelingt, weiß ich nicht. Mein Herz schlägt so heftig, dass ich es noch an meinem Hals klopfen spüre.

Das ist doch Blödsinn, denke ich. *Du bist doch kein junges Mädchen mehr.*

Nein, das bin ich nun wirklich nicht, auch wenn ich noch recht gut aussehe.

Ob ich ihm gefalle?

Vielleicht sieht er mich nicht so, wie ich gerne gesehen werden möchte.

Von ihm.

Doch mein Herz hat mich hierhergeführt. Das war kein Trugschluss. Nur hier werde ich ihn finden. Nur hier Momente erleben, die all den Aufwand wert sein werden.

Und den Schmerz.

Vielleicht werden die Schmerzen schlimmer, als ich es mir vorstellen kann.

Egal, ich weiß, dass die Momente es wert sein werden.

Deshalb bin ich da.

Nur wegen ihm.

Ich zittere, als Johann die Klinke drückt und in die Bibliothek kommt.

Die Schritte kommen zurück.

Sicherlich werde ich nicht empfangen. Doch es ist mir egal. Das Kartenhaus soll einfach zusammenstürzen. Ich will Ruhe, nur Ruhe, Ruhe.

Hier ist es schön und ruhig.

Ich schaue noch immer diese wunderschöne Frau an.

Vielleicht sollte ich einfach gehen und nicht auf diesen Mann im Frack warten.

Ich bin zu spät, zu spät für alles.

„Bitte!", sagt der Mann mit der tiefen Stimme und macht eine einladende Geste.

Ich folge ihm und im Inneren macht alles bei mir einen Luftsprung, denn:

Ich werde empfangen!

Der Gang wirkt düster und die Wände sind aus glattem Putz in roter Marmorfarbe. Dazwischen immer wieder sehr geometrisch die goldenen Ornamente.

Ich frage mich, ob das Düstere ein Vorbote ist für das, was mich erwartet.

Doch der Gang ist nicht annähernd so düster wie mein aktuelles Leben.

Wann habe ich den falschen Weg eingeschlagen?

Oder bin ich auf dem Richtigen?

Ein helles warmes Licht verdrängt meine Gedanken. Der Mann ist durch eine Tür mit zwei Flügeln in einen Raum gegangen, aus dem das Licht kommt. Er macht wieder die einladende Geste.

Ich trete ein und bin überwältigt. Eigentlich ist es kein Raum, sondern eine Halle. Zwei Seiten bilden Fensterfronten. Die Fenster reichen bis auf den Boden und lassen so genügend Licht in den Raum. Doch auch ohne Licht würde alles in diesem Raum leuchten. Die Wände sind weiß. Die Decke ist über und über mit Stuckarbeiten verziert. Jede Zweite ist mit Gold überzogen.

Ob dies echtes Gold ist?

Ich weiß es nicht, habe aber keine Zweifel daran.

Eine große gläserne Doppeltüre steht offen. Dahinter kann man eine Terrasse erkennen.

An der Seite der Tür, durch die ich den Raum betreten habe, steht eine dunkle Truhe, die eigentlich nicht in den Raum passt.

Noch beachte ich die Truhe nicht.

Noch nicht!

Darüber hängt eine große Uhr aus dunklem Holz.

Ein dickes Glas schützt das Pendel und das Ziffernblatt. Beides ist aus Gold.

Das Pendel hat die Form von einem Herz.

Ich finde dies merkwürdig. Auch der Rest der Uhr wirkt sehr sonderbar:

Einer Welle gleich sind über dem Ziffernblatt zwei Schnitzarbeiten aus hellerem Holz angebracht. Darauf stehen geschnitzte Figuren, die ich nicht erkennen kann. Ich möchte näher herantreten, bin aber zu schüchtern.

Und: Deshalb bin ich nicht hier.

Mein blondes Haar fällt mir ins Gesicht. Ich nehme die linke Hand und streiche es etwas zurück.

Deine blonde Löwenmähne, würde meine Frau sagen.

„Ähm!" Der Mann im Frack räuspert sich.

„Herr Klaar wäre nun da!" Dann dreht er sich um und verlässt den Raum ohne ein weiteres Wort. Er geht durch die weiße Tür, dreht sich um und schließt diese dann.

Es wird still und ich höre das Klacken seiner groben Schuhe, wie es immer leiser wird.

Mein Hals wird trocken und ich werde nervös. So leise ich kann, atme ich ein und bemerke den Fliederduft, der hier noch intensiver ist als in der Eingangshalle.

„Einen Moment!", sagt eine sanfte Stimme und ich erschrecke. Erst jetzt bemerke ich, dass hinter dem großen Schreibtisch aus Gold eine junge Frau sitzt. Sie schaut angespannt vor einem Bildschirm, deshalb kann ich sie nicht richtig erkennen.

Ich möchte etwas sagen, doch meine Stimme versagt.

Ich möchte sagen, dass das Warten mir nichts ausmacht. Seit ich den dunklen Wald hinter mir gelassen habe, entspannt sich alles in mir wie schon lange nicht mehr.

Oder wie noch nie!

Er ist da!

Er steht mir gegenüber im gleichen Raum.

Ich zittere.

Reiß dich zusammen, sage ich zu mir selber.

Jetzt muss ich ihn begrüßen, doch ich traue mich nicht.

Vielleicht versagt meine Stimme!

Vielleicht zittere ich und er lacht darüber!

Vielleicht fällt mir etwas auf den Boden!

Er würde nicht darüber lachen, nein, er nicht!

Er ist anders!

Anders als alle anderen!

Deshalb bin ich hier!

Jetzt habe ich am Bildschirm vorbei zwischen dem Strauß dunkelrotem Flieder einen Blick riskiert.

Er hat goldblonde Haare.

Und er hat seinen Schopf mit der linken Hand gerade aus seinem Gesicht gestrichen.

Das mag ich!

Das mag ich sogar sehr.

Ich muss jetzt aufstehen und ihn begrüßen!

Jetzt!

Plötzlich steht sie auf.

Die Frau hinter dem Schreibtisch kommt auf mich zu.

Sie ist groß, fast so groß wie ich und sie trägt ein dünnes, sehr kurzes dunkelblaues Kleid.

Doch das, was mir die Sinne raubt, ist die Erkenntnis.

Die Erkenntnis, dass sie es ist.

Sie ist die Frau auf dem Bild in der Eingangshalle.

„Hallo, Herr Klaar! Schön, dass Sie so schnell Zeit für mich haben!", sagt sie und kommt näher. Ihre goldblonden Haare hat sie mit einem Haarreif nach hinten gebunden. Ihre Augen leuchten schöner als der größte Diamant. Ihr Lächeln ist das Freundlichste, das ich je gesehen habe.

„Veronika von Löwenstein!", sagt sie, lächelt mich an und streckt mir ihre Hand entgegen.

„Klaar!", sage ich barsch und bereue sofort meine Tollpatschigkeit.

„Ähm, Philip Klaar, schön, dass Sie für mich Zeit haben!"

Was rede ich nur für einen Blödsinn?

„Setzen wir uns!", sagt sie und geht zu einem kleinen runden Tisch mit zwei Stühlen, die mit rotem Polster überzogen sind.

Das Tischchen ist mir nicht aufgefallen, da es hinter mir stand.

Ich bleibe stehen.

Der Pendel der Uhr schwingt hin und her!

Sie setzt sich und springt gleich wieder auf.

Ihre Wangen sind gerötet.

Ich mag das!

„Oh, ich meine, wenn Sie sich setzen möchten! Sonst können wir auch …"

Ich falle ihr ins Wort.

„Nein, nein, setzen wir uns!"

„Fein!" Sie lächelt mich wieder an und ich kann ihrem Blick nicht standhalten, ohne dass auch meine Wangen rot werden.

Ich setze mich.

Das Tischchen ist sehr klein und zwischen uns ist kaum Abstand.

Ich rieche ihr Parfüm.

Intensiv nach Flieder.

Betörend!

„Ach, die Unterlagen!", sagt sie und steht wieder auf. Sie geht zum Schreibtisch. Das Kleid lässt den Rücken frei und ich erkenne an ihrem linken Schulterblatt ein Muttermal. Ich bilde mir ein, es hätte auch eine Herzform.

Natürlich hat es das nicht.

Oder?

Ich möchte nicht hinsehen, da ich nicht möchte, dass sie schlecht von mir denkt.

Sie nimmt eine kleine Mappe vom Schreibtisch und kommt zurück. Sie lächelt und ich kann mich diesem Lächeln nicht mehr entziehen.

„Wo habe ich nur meinen Kopf!"

Sie setzt sich und mein Blick fällt kurz auf das Pendel der Uhr.

Ich bilde mir ein, es würde langsamer hin und her schwingen als vorhin.

Ob er mir anmerkt, wie nervös ich bin?

Jetzt habe ich dummes Huhn auch noch die Mappe auf dem Schreibtisch liegen lassen.

Sein Blick verfolgt mich, ich spüre es.

Ist das ein gutes Zeichen?

Ich weiß es nicht.

Aber er ist es! Mein Herz hat mich nicht getäuscht.

Er ist anders.

Er ist gut.

Zu gut und er wird nie mir gehören.

Doch wir haben die Momente.

Die Momente zusammen.

Jetzt ist so ein Moment!

„Ich bin ja so froh, dass Sie Zeit haben. Wann können Sie anfangen?"

„Ja, was müsste man denn machen?", sage ich und schäme mich für meinen Dialekt.

„Oh entschuldigen Sie!", sagt Frau von Löwenstein und ihre Wangen werden noch röter.

„Hier habe ich Pläne von den Versorgungsleitungen des Schlosses. Ich war länger weg und da wächst das schon mal zu. Sehen Sie, diese Trasse sollte man roden." Sie dreht die Mappe, dass ich die Pläne besser sehen kann. Dabei rückt sie ihren Stuhl näher an meinen heran. Ein warmes Gefühl breitet sich unkontrolliert in mir aus. Das Deckblatt kippt um und ich möchte es festhalten. Doch es gelingt mir nicht, da ich zu stark zittere.

Sie runzelt ihre Stirn. Dabei bildet sich über ihrer Nase ein kleines Dreieck.

„Wie unhöflich von mir, Ihnen nichts zu trinken anzubieten! Was möchten Sie? Einen Kaffee? Tee?"

„Ja ein Kaffee wäre gut!" sage ich, aber eigentlich trinke ich nie Kaffee. Am Rande des Tischchens steht ein kleines goldenes Glöckchen.

Sie läutet.

Der Mann im Frack öffnet die weiße Tür, durch die ich den Raum betreten habe.

„Oh, Johann, zwei Kaffee bitte! Milch, Zucker?" Sie sieht mich fragend an.

„Schwarz!", sage ich.

„Ja so trinke ich ihn auch am liebsten! Also zwei Mal schwarz, bitte!"

„Sehr wohl, Eure Hoheit!", sagt der Mann im Frack, der Johann heißt. *Eure Hoheit,* fast möchte ich grinsen. Ich denke, die Zeiten der Aristokratie sind längst vorbei.

„So, also zurück zu den Plänen. Sehen Sie, von da unten im Tal kommt die Stromleitung. Parallel dazu die Wasserversorgung. Vor allem die Stromleitung sollte man dringend freischneiden."

Ich schaue starr auf die Pläne. Frau von Löwenstein ist nun so nahe bei mir, dass ich die Nervosität kaum noch unterdrücken kann.

Sie ist atemberaubend hübsch!

Ein quietschendes Geräusch zerstört die Stille.

Darüber bin ich froh.

Der Mann mit der tiefen Stimme und dem Frack, der Johann heißt, schiebt ein kleines Wägelchen herein. Darauf stehen zwei Tassen.

Er stellt zuerst Frau von Löwenstein eine Tasse hin. Dann bekomme ich meinen Kaffee.

Ich nippe und verbrenne mir die Spitze meiner Zunge.

Ich stelle die Tasse zurück auf das kleine Tischchen, auf dem dafür eigentlich kein Platz ist. Mein Blick fällt auf die Tasse aus dünnem Porzellan. Innen ist die Tasse mit Gold überzogen. Außen ist ein Wappen darauf, welches links und rechts von den mir bekannten Löwen gehalten wird.

Frau von Löwenstein nippt auch an ihrer Tasse.

„Huch, heiß!", sagt sie und lacht. Ich lache auch.

Das ist schön – und so einfach.

Ich nehme noch einen Schluck von meinem Kaffee und hoffe, dass er sich etwas abgekühlt hat.

Sie hält mit der linken Hand die Mappe auf. Erst jetzt bemerke ich an ihrem kleinen Finger der linken Hand den Ring. Er ist enorm groß und geformt wie eine Krone. Die erste Reihe bildet ein goldener Kranz. Danach folgen rote Steine und in der Mitte sitzt ein großer türkisfarbener Stein, der fast die gleiche Farbe hat wie die Augen von Frau von Löwenstein.

Ich sollte nicht in ihre Augen sehen.

Ich denke an meine Frau.

Die Mappe will zufallen und ich möchte diese aufhalten. Doch der Kaffee hat mir nicht gut Getan und ich beginne zu zittern und alles vor meinen Augen wird schwarz.

Ich hätte etwas essen sollen!

Schweißperlen bilden sich auf meiner Stirn.

„Herr Klaar? Ist Ihnen nicht gut?" Ich höre ihre sanfte Stimme. Was denkt sie von mir?

Ich möchte, dass sie gut von mir denkt.

Ich möchte stark wirken.

Doch ich bin schwach.

„Doch, doch, es geht schon wieder. Habe nur den ganzen Tag noch nichts gegessen!", höre ich mich sagen und bereue sofort, dass ich so viel über mich preisgebe.

Stille!

Ich wische mir mit einem Taschentuch die Stirn ab und bin froh, dass mein Kreislauf sich wieder gefangen hat.

Frau von Löwenstein sieht mich an. Ich kann tiefe Sorge in ihren Augen lesen. Ihre Stirn hat noch eine tiefere Falte gebildet.

Doch um was sorgt sie sich?

Sicher um die Aufgabe, die sie mir stellt.

Ob ich der Richtige bin.

Ob ich der Sache überhaupt gewachsen bin.

Ein fremder Gedanke macht sich in mir breit:

Sie sorgt sich um mich.

Der Gedanke gefällt mir.

Doch er ist absurd.

Niemand sorgt sich um mich.

Ob sie verheiratet ist?

Das Läuten des kleinen Glöckchens vertreibt meine Gedanken.

„Das tut mir ja soo leid!", sagt sie.

„Ich hätte den Termin auch auf morgen legen können. Sie haben doch den ganzen Tag hart gearbeitet. Da müssen Sie was essen."

„Eure Hoheit!", sagt Johann, der plötzlich wieder im Raum steht.

„Richten Sie bitte ein kleines Buffet für uns auf der Terrasse an!"

„Sehr wohl!"

„Aber nein, das ist nicht nötig!" sage ich, da ich nicht möchte, dass jemand sich wegen mir solche Mühe macht.

„Ich bestehe darauf!", sagt sie in einem festen, aber sehr netten Ton und ich gebe mich geschlagen.

„Meinen Sie, Sie können bald mit dem Auftrag anfangen?", fragt sie und ich höre eine Sicherheit aus ihren Worten.

Mein Inneres jubelt: *Du hast den Auftrag*, schreit es.

„Sicher, übermorgen! Könnte ich mir die Örtlichkeiten mal besser anschauen, damit ich weiß, welche Technik benötigt wird?" Meine Stimme klingt plötzlich routiniert.

„Sicher, da würde ich mich freuen! Sagen wir morgen Nachmittag, so um zwei?"

„Ja, das ist klasse!", sage ich nun; meine Stimme überschlägt sich fast.

„Sooo, jetzt noch wegen der Bezahlung!", sagt Frau von Löwenstein und ich höre Anspannung in ihrer Stimme.

Doch das ist nicht nötig, ich arbeite für jeden Preis. Denn jeder Cent stützt das Kartenhaus.

Und ich möchte diesen Auftrag. Nicht nur, weil ich diesen unbedingt brauche, nein, da ist noch etwas anderes.

Ein neues Gefühl, das ich so nicht kenne.

Ich kann es noch nicht einordnen.

Doch ich bin mir sicher: Ich möchte hier arbeiten.

Nur noch hier.

Ich möchte antworten und den Geist des Zweifels vertreiben, doch meine Stimme versagt.

„Also, ich würde Ihnen eine Wochenpauschale anbieten. Ich dachte da an so 10 000 Euro!" sagt sie und schaut mich an. Ich kann direkt in ihre Augen sehen und darin lesen. Ich lese Unsicherheit, Anspannung und noch etwas, das ich noch nicht zuordnen kann.

„10 000!", sage ich und meine Stimme ist dabei lauter als ich es möchte. Darin liegt die absolute Freude. Freude, dem Teufelskreis doch noch zu entkommen.

Am Leben bleiben!

Ihre Wangen werden rot. Tiefrot. Sie senkt ihren Blick in die Mappe. Ihre Stimme wirkt fremd und belegt.

„Oh, äh, natürlich nicht! Ich, Sie müssen entschuldigen, aber ich kenne mich da nicht so recht aus. Selbstverständlich dachte ich da eher an so 15 000 Euro pro Woche. Ist Ihnen das recht?"

Jetzt schaut sie mich wieder an und wirkt noch unsicherer.

„Ja, ja! Selbstverständlich! Aber ich denke 10 000 ist mehr als ausreichend!", höre ich mich sagen und weiß nicht, warum. 15 000 wäre besser gewesen! Doch natürlich reichen 10000! Eigentlich reichen ja 3000 für eine Woche. Sogar 2500 wäre akzeptabel gewesen. Ein Teil meines Inneren möchte ihr das vorschlagen. Der andere hält den besseren Teil zurück und ruft: Nimm es!

Doch ich kann nicht anders!

Ich bin ehrlich!

Zu ehrlich und dumm!

„Wissen Sie, Frau von Löwenstein! Also bei einer kompletten Wochenauslastung käme ich nur auf 2000 Euro. Das wäre in Ordnung!" sage ich und fühle mich dabei matt.

Sie kneift ihre Augen zusammen und sieht mich direkt an. Am liebsten würde ich ihrem Blick ausweichen. Ich fühle mich schwach und doch zugleich davon angezogen.

„Also abgemacht! 15000 pro Woche. Und jetzt hoffe ich, dass Johann Ihnen was zu essen gemacht hat."

Ich sage nichts, doch mein Inneres jubelt. Jetzt habe ich wieder Kraft, um die Schatten aus meinem Leben zu vertreiben.

Sie steht auf.

„Gehen wir auf die Terrasse?"

Ich stehe auf und nicke.

„Fein, nach Ihnen, Herr Klaar!"

„Nein, nach Ihnen!", sage ich und lächle.

„Aber nein!" Sie lächelt.

„Dieses Mal bestehe ich darauf!" Wir lachen beide.

Es ist so schön und einfach.

Ich folge ihr und kann meinen Blick nicht von ihrer Schönheit wenden. Sie hat die Spange abgemacht und der lauwarme Wind lässt ihre goldblonden Haare leicht wehen.

Ich sehe das Muttermal und nehme plötzlich ihren Duft war. Nicht den des Parfüms, nein, ihren eigenen Duft, und er zieht mich tief in seinen Bann.

Johann steht mit einem weißen Tuch über seinem linken Handgelenk auf der Terrasse. Neben ihm steht ein langer Tisch, der fast von der Masse an Leckereien zusammenbricht. Daneben wurde ein kleiner Tisch direkt an der Balustrade mit zwei Stühlen aufgestellt.

„Wunderbar, Johann! Vielen Dank. Sie können sich zurückziehen!"

Johann nickt, geht die Terrasse entlang und verschwindet dann.

„Jetzt greifen Sie aber richtig zu!" Sie lächelt mich erwartungsvoll an. Es gibt so viele Sachen, aber von den meisten kenne ich nicht einmal den Namen.

Ich nehme ein gebratenes Hühnchen. Es ist köstlich und ich nehme noch eines. Frau von Löwenstein hat 3 Stücke Käse und einige Weintrauben auf ihrem Teller.

„Doos Honchen ost suprr!" sage ich mit vollem Mund und es ist mir peinlich. Ich spüre, wie das Blut in meinen Kopf schießt.

„Och bon Vegotarier!", sagt Frau von Löwenstein auch mit vollem Mund.

Wir lachen. So sehr habe ich schon lange nicht mehr gelacht.

Oder noch nie.

„Waren Sie lange weg?", frage ich und bemerke, dass sich ihre Miene plötzlich verfinstert. Das Lachen ist weg und ich bilde mir ein, ein kalter Luftstrom ziehe plötzlich über die Terrasse.

„Ja, sehr lange. Doch jetzt bin ich zurück!", sagt sie und ihre Stimme klingt ernst.

Ich habe die falsche Frage gestellt und möchte mich entschuldigen. Doch wie?

Ich weiß es nicht, doch es ist mir wichtig.

„Noch ein Hühnchen?", fragt sie und lächelt mich wieder an.

Sie hat mir verziehen.

Das ist mir wichtiger als all die anderen Sorgen.

Die Sorgen!

Zum ersten Mal, seit ich hier bin, denke ich daran. Sie waren weg. Weit weg. Mein Blick schweift über den Park.

„Gerne!", höre ich mich sagen.

Ich sehe ein Rudel Tiere. Und dieses Mal bin ich mir sicher: Es sind Hirsche!

Doch in unseren Wäldern gibt es keine. Sie wurden ausgerottet.

Ich stehe auf.

„Sind das Hirsche, da unten?", frage ich ungläubig. Frau von Löwenstein legt mir ein Hühnchen auf meinen Teller und kommt zu mir heran.

„Ja, das ist ein Rudel Hirsche!"

„Hmmm, das wusste ich gar nicht!"

Sie blickt mich verschwörerisch an.

„Ein Geheimnis! Sagen Sie es niemandem!"

Ich bin satt. So satt war ich noch nie. Wir setzen uns auf eine kleine Bank aus weißem Marmor. Die Sonne ist zu einem kleinen roten Ball geworden. Das Schloss und der Park erscheinen in orangem Licht.

Es ist so schön.

So ruhig.

Als wäre ich daheim.

Doch ich war hier noch nie.

Stimmt das? Alles wirkt vertraut.

Habe ich ein Déjà-vu?

Ich genieße die Nähe von Frau von Löwenstein.

Aber ich kenne sie nicht und doch denke ich, ich kenne sie schon immer.

Das Lachen ist mit ihr so einfach und unbekümmert.

Ich muss nach Hause!

Aber ich will nicht.

Ich möchte hierbleiben.

Doch das geht nicht.

Es ist so einfach. Lachen! Wie lange habe ich nicht mehr gelacht?

Oder jemals?

Ich rieche seinen Duft. Ich sehe seine schönen rehbraunen Augen. Seine Bewegungen.

Er ist anders.

Anders als all die Egoisten.

Er würde um wenig arbeiten und doch benötigt er das Geld.

Ich weiß es. Ich spüre die Schatten, die sein Herz fast erdrücken.

Doch jetzt sitzen wir nur hier und schauen der Sonne bei ihrem Untergang zu.

Das ist so schön.

Ein Moment.

Und dieser gehört mir. Nur mir und ihm. Niemand kann hier eindringen.

Kurz waren meine Gedanken bei meinen Schatten. Nur kurz! Ich habe gespürt, wie es ihm peinlich war. Doch er kann nichts dafür.

Ich habe die Schatten hinter mir gelassen.

Für immer!

Ich stehe auf!

Auch wenn ich hier für immer auf dieser weißen Bank sitzen könnte.

„Also dann möchte ich mich für alles bedanken!", sage ich und strecke ihr die Hand hin.

„Nein, nein! Ich muss mich bedanken! Dass Sie so schnell gekommen sind! Ich hoffe, Sie sind satt geworden? Oder möchten Sie noch einen Wein?"

„Selbstverständlich bin ich satt geworden, aber das wäre doch nicht nötig gewesen!", sage ich schon fast beschämt. Ihre Augen schauen mich erwartungsvoll an.

„Wein?"

„Oh, nein, ich muss jetzt wirklich los!"

„Schade!", sagt sie, doch ein Lächeln verrät mir, dass sie es mir nicht übel nimmt.

„Ich bringe Sie noch zur Tür!" Sie geht voraus. An der Terrassentüren bleibt sie stehen.

„Nach Ihnen!" Sie lacht.

„Nein, nach Ihnen!" Ich lache auch.

Wir lachen wie Schulkinder.

So einfach und schön!

Als ich ihr folge, kommen wir durch den Raum mit der Uhr. Das Pendel scheint fast stehen zu bleiben. Es bewegt sich, aber wie in Zeitlupe.

Ich denke nicht weiter darüber nach.

„Also dann, bis morgen", sage ich und gehe die ersten zwei Stufen hinab.

„Ja, bis morgen! Ich freue mich!", sagt Frau von Löwenstein. Sie steht oben vor dem Eingang. Ihr blaues Kleid weht leicht im Wind und ihre freundlichen Gesichtszüge verraten mir, dass sie es ernst meint.

Ich gehe am Brunnen vorbei, wo das Paar noch immer verliebt auf der Bank sitzt. Ich steige in meinen Audi ein. Es ist heiß im Wagen und ich lasse die Fenster herunter.

Ich starte den Motor und fahre langsam um den Brunnen. Ich winke ihr zu, als wäre sie ein langjähriger Freund.

Das Gefühl ist seltsam.

Sie winkt zurück und ich kann den Tag morgen kaum erwarten.

Mit jedem Meter, mit dem ich mich vom Schloss entferne, kommen die Schatten zurück.

Angst und Beklommenheit. Das Gefühl, etwas falsch zu machen, und ein Gefühl der Hilflosigkeit.

Als ich aus dem dunklen Wald fahre, haben die Schatten mein Herz fest umklammert. Die Enge schnürt mir fast die Luft ab.

Ich bin zurück.

Zurück in einer feindlichen Welt.

Ich winke ihm zu. Am liebsten hätte ich ihn in den Arm genommen.

Doch dazu fehlte mir der Mut.

Er fährt weg.

Ich hätte ihn festhalten sollen.

Doch das steht mir nicht zu.

Ich renne die Treppen hinauf bis auf die Dachterrasse.

So sehe ich seinen Wagen am längsten.

Doch die Dunkelheit ist mein Feind und ich kann kaum noch die Lichter sehen.

Er fährt zurück. Zurück in die Welt der verhassten Menschen. Das ist nicht gut. Ich zittere und es wird mir kühl. Doch mein Inneres will weiter in die Richtung sehen, in die er verschwunden ist.

Er ist weg!

Doch er kommt wieder.

Dieses Mal.

Einmal wird er nicht mehr kommen.

Doch bis dahin ist noch Zeit.

Ich spüre seine Gefühle. Angst und Hilflosigkeit. Und noch etwas anderes spüre ich. Da ist noch eine weit schlimmere Gefahr. Doch noch ist sie verschwommen. Noch kann ich diese Gefahr nicht einschätzen. Doch ich werde wachsam bleiben.

Ich werde ihm helfen!

Ich fahre nach Hause.

Eigentlich.

Doch die Panik ist wieder da.

Mit jedem Meter, mit dem ich mich meinem Haus nähere, für das ich so viel gebe.

Das sollte nicht sein.

Jetzt schlafen die Gerichtsvollzieher, sage ich zu mir selber, um mir Mut zu machen.

Es brennt Licht in meinem Haus.

Unserem Haus!

Ich freue mich, denn meine Frau ist zu Hause.

Ihr rotes Auto steht in der Auffahrt. Ich parke daneben und gehe um das Haus. Noch einmal überprüfe ich den Anrufbeantworter und den Briefkasten.

Nichts!

Ich bin erleichtert.

Ob Herr Birkner schon was erreicht hat?

Ich gehe hoch in die Wohnung.

„Hallooooo!", rufe ich, bekomme jedoch keine Antwort.

Die Dusche läuft.

Ich gehe in das Wohnzimmer und setze mich auf die Couch.

Es ist still.

Ich schalte den Fernseher ein. Er hilft die Schatten zu vertreiben.

Meine Frau kommt aus dem Bad.

Ich bin so froh, dass ich sie habe.

Dass wir uns haben.

„Hi, wo warst du noch?", sagt sie und küsst mich auf die Wange. Sie schreckt zusammen.

„Du riechst komisch!"

„Wie komisch?", frage ich und ignoriere ihre erste Frage.

„Ja, irgendwie nach Flieder!"

Ich lache. Doch es ist ein anderes Lachen als vorhin.

„Ja, du wirst es nicht glauben! Ich habe einen neuen Auftrag!", sage ich freudig.

„Klasse!", sagt sie schon eher desinteressiert. Sie fällt ermattet auf das Sofa.

Ich weiß, ihr Beruf ist schwer. Ich wünschte mir, ich könnte sie entlasten. Doch das geht nicht. Nicht jetzt.

Ob es je gehen wird?

Ich weiß es nicht!

Andere schaffen es auch.

Ich bin nicht die anderen!

„Von wem ist der Auftrag denn?", nuschelt sie.

Sie ist müde.

„Ja, das ist das Tolle! Von den von Löwenstein!"

„Nie gehört!"

„Aber dein Bruder war schon mal da Pizza essen; auf dem Schloss", sage ich, aber ich glaube, dass dort noch niemand Pizza gegessen hat.

„Hmmmm! Und die geben dir einen Auftrag?"

Mein Magen verkrampft sich. Sie hat das ‚dir' falsch betont. Falsch für mein Inneres, und falsch für meine Seele. Ich bin wütend!

Doch sie hat es nicht so gemeint.

Das weiß ich und doch bin ich wütend.

Meine Hand verkrampft sich, bis die Knöchel weiß werden. Ich werde allen zeigen, dass das Kartenhaus nicht einstürzen wird.

Meine Frau kuschelt sich an mich heran.

Sie ist eingeschlafen. Ich küsse sie auf die Stirn.

Ich bin froh, dass ich sie habe.

Wenn alles besser wird, dann haben wir mehr Zeit für uns.

Dann, wenn alles anders wird.

Wird es das?

Der heutige Tag hatte wieder alles bereit für mich.

Niedergang und Aufstieg.

Doch das Letztere wird all die Schatten vertreiben, das weiß ich.

„Hast du überhaupt etwas gegessen?", flüstert sie, doch ihre Augen bleiben geschlossen.

„Ja, mach dir keine Sorgen! Schlaf jetzt, ich liebe dich!"

„Ich dich auch!", sagt sie.

Ich weiß, dass ich in dieser Nacht kein Auge zu bekomme. Ein harter Druck lastet plötzlich auf meinem Bauch.

Ich weiß nicht, was das ist.

Ich habe neue Sorgen!

Ich liege wach.

Aber eigentlich brauche ich keinen Schlaf.

Ich suche Liebe, Zuneigung, Ehrlichkeit und Treue.

Einen Freund und mehr.

Ich habe ihn gefunden.

Doch er wird mir zu viel von den Tugenden zeigen.

Eine wird gegen mich sein.

Das weiß ich und doch ist es mir egal. Ich möchte mich freuen auf morgen, wenn er zurückkommt. Doch ich werde das dunkle Gefühl nicht los, dass ich nicht zuordnen kann.

Das Fenster steht offen und es kommt eine frische Brise herein. Noch immer riecht es nach Flieder. Die Brise lässt die hellblauen Vorhänge meines Himmelbettes wehen.

Ob ich nach unten soll in das Gewölbe? Ich verwerfe die Frage, denn ich weiß nicht, nach was ich in den alten Büchern und Pergamenten suchen soll.

Ich stehe auf und gehe zum Fenster. Der Mond ist aufgegangen und lässt das Schloss in einem milchigen und doch hellen Licht erscheinen.

Ich mag diese Stimmung. Sie ist so friedlich und ruhig.

Ich liebe die Stille und den Frieden.

Doch bei den Menschen gibt es diese Dinge nicht.

Ich hätte ihn zurückhalten sollen.

„Das geht doch nicht!", sage ich laut.

Und ich darf es auch nicht.

Ich schaue in den Mond und frage mich, ob er gerade auch hineinschaut. Aber das kann nicht sein. Er ist müde. Zu müde! Er arbeitet zu viel.

Vielleicht gehe ich doch in das Gewölbe.

Ich weiß es noch nicht.

Das Wasser plätschert friedlich aus dem Schlauch. Die Luft ist noch kühl und riecht frisch.

Niemand stört mich hier bei meiner Arbeit.

Das ist schön.

Und die Arbeit ist wichtig. Ohne die Trockenheit wäre das Kartenhaus bereits zusammengestürzt.

Ich denke an Herrn Birkner und frage mich, ob er schon was erreicht hat.

Sicher noch nicht. Doch wenn ich die erste Woche abrechne, dann ist ja bald das Konto wieder frei.

Die erste Woche ...

Ob es mehrere Wochen Arbeit gibt?

Ich spüre, wie ich es mir wünsche. Und das Komische daran ist: Ich wünsche es mir nicht nur wegen des Geldes.

Es ist schön dort.

Sie ist schön.

Ich denke an meine Frau. Sie hat mir noch einen Kuss auf die Wange gegeben und mich gebeten, auf mich aufzupassen.

Sie braucht mich und ich brauche sie.

Und ich brauche das Geld! Aber es geht nicht, ich kann nicht so viel abrechnen. Das wäre unehrenhaft. Ich muss nachher mit Frau von Löwenstein sprechen, unbedingt.

Doch dann wird es wieder schwerer.

Ich seufze. Doch ich weiß, was ich tun muss.

Anstand und Ehre sind wichtiger als Geld.

Du bist so dumm, sagt ein Teil in mir. Doch dieser Teil verliert.

Ich gieße die letzte Pflanze und ein Gefühl der Vorfreude kommt auf. Fast so wie ein Kind an Weihnachten.

Doch ich bin kein Kind mehr.

Aber das Gefühl ist das Gleiche!

Jetzt will ich nur noch schnell nach Hause und dann los.

Los in die friedliche Welt.

Los, um meine Sorgen zu vergessen.

Wenigstens für eine kleine Weile.

Einen Moment lang!

Jetzt habe ich ein schickes Hemd angezogen und meine beste Jeans. Ich fühle mich wie ein Teenager. Aber das ist ein gutes Gefühl. Und das Gefühl wird noch besser, als ich den dunklen Wald hinter mir gelassen habe. Mein linker Arm lehnt lässig auf dem Fahrerfenster, das ich geöffnet habe. Natürlich wäre dies wegen der modernen Klimaanlage nicht nötig gewesen. Doch ich sehne mich nach dem Duft des Flieders.

Nach ihrem Duft.

Das friedliche Gefühl, welches sich immer mehr in mir breitmacht, während ich durch die Allee fahre, ist wie Balsam für meine Seele.

Die Schranke ist geöffnet, ich werde erwartet.

Das ist so schön!

Endlich liegt das Schloss vor mir. Kurz gebe ich noch etwas Gas, damit ich Staub aufwirbele.

Ich möchte cool wirken.

Doch das ist blöd!

Aber es gefällt mir!

Ich parke wieder am Brunnen. Sie steht schon oben an der Balustrade vor dem Haupteingang und winkt mir zu.

Sie freut sich, dass ich gekommen bin.

Nur wegen mir.

Nein, sicher deshalb, damit der Auftrag ausgeführt wird.

Wegen mir freut sich sonst fast keiner. All die anderen nutzen mich nur aus. Ich weiß das und ich kann das fühlen. Dies ist oft verletzend, aber ich habe ja meine Frau.

Sie gibt mir Halt.

„Hi!", sagt Frau von Löwenstein. Sie trägt braune Stiefeletten und eine enge Jeans. Dazu eine blaue Bluse. Die Begrüßung ist anders, als ich es erwartet habe. Frisch und freundlich, als wären wir Freunde.

„Hi", sage ich ebenfalls und bekomme schon wieder einen Kloß im Hals.

„Sind Sie noch gut heimgekommen, gestern?" Ihre Augen leuchten mich an.

„Ja, sehr gut. Noch einmal danke für das Essen!", sage ich sehr schüchtern.

Sie antwortet nicht, sondern zwinkert mir nur zu.

„Wollen wir los?"

„Oh ja, Sie können mit mir fahren!", sage ich und öffne die Beifahrertüre, schon etwas stolz.

„Ein schönes Auto haben Sie da! Neu!"

Ich nicke etwas beschämt. Ich weiß, dass es mir nicht gehört, solange ich nicht die Raten bezahlt habe. Und das kann ich im Moment nicht. Sie werden mir den schönen Wagen wieder wegnehmen. Ich sehe die Falte auf ihrer Stirn. Sie merkt meine Beklommenheit.

„Was halten Sie davon, wenn wir das nehmen!" Sie grinst und zeigt auf ein weißes Quad, das hinter dem Brunnen steht.

„Dann machen wir Ihr Auto nicht schmutzig."

Es ist ein großes Quad und das Wappen, das ich noch immer nicht richtig angeschaut habe, ist links und rechts aufgemalt.

„Mit so was bin ich ja noch nie gefahren!", sage ich fröhlich und grinse auch.

„Na, dann wird es Zeit!", meint Frau von Löwenstein und rempelt mich kumpelhaft an, als sie mir einen weißen Helm in die Hand drückt.

Das hat mir gefallen. Gerne hätte ich zurückgerempelt, doch mir fehlt der Mut. Ich stelle mich zu blöd an, um den Helm aufzusetzen. Mir wird heiß, da ich mich schäme.

„Sie müssen den Gurt lösen! Sooo, jetzt geht es!" Mit ihren schlanken Fingern löst sie den Gurt im Helm. Sie hat schöne Finger. Ihre Nägel sind gepflegt, aber nicht lackiert.

Sie steigt auf. Ich auch, aber ich habe da so meine Probleme. Sie startet den Motor.

„Schön festhalten!", sagt sie und gibt Gas. Ich falle fast nach hinten. Sie bremst abrupt.

„Sie müssen sich schon festhalten!", sagt sie. Doch ich weiß nicht, wo. Krampfhaft suche ich nach einem Griff.

„Ähm. Ja, woran denn!", frage ich dumpf. Sie lacht.

„An mir! Sie müssen mir um die Taille greifen. Oder möchten Sie das nicht." Im letzten Satz liegt Anspannung.

Und ich möchte das, doch es kostet Überwindung, da ich so schüchtern bin. Ich frage mich, wie ich meine Frau angesprochen habe.

Vielleicht war sie es. Ich weiß es nicht mehr. Es ist mir gerade auch egal.

Ich lege meine Arme um ihre Taille. Aber nur leicht. Sie packt meinen linken Arm und drückt ihn fest an ihren Bauch.

„Schon fester, ich fahre schnell!" Dann gibt sie wieder Gas und wir nehmen den mittleren der linken Wege, die aus dem Hof führen.

Er ist ja sooo schüchtern. Ich mag das. Er möchte nichts falsch machen und niemanden oder niemandes Gefühle verletzten.

Ihn habe ich gesucht. All die Jahre und endlich gefunden.

Seine starken Arme liegen nun ganz eng an mir. Ich liebe das Gefühl.

Natürlich ist das nur ein Moment. Ein Moment, der mir gehört.

Uns!

Ich fahre und spüre den warmen Wind um mich. Es ist so schön, als wäre ich wieder jung.

Und doch spüre ich Angst, ihn zu verlieren. Ihn, den ich mit jeder Minute mehr liebe als alles, was ich je geliebt habe.

Doch es werden nur Momente bleiben und die kann mir niemand mehr nehmen.

Der Park ist zu Ende und wir fahren einen Forstweg. Staub wirbelt auf. Kurz drehe ich mich um und sehe das schöne Schloss.

Sie biegt um eine Ecke, jetzt sehe ich nur noch die Spitze der Fahne.

Ich spüre ihren Atem. Ihr Brustkorb senkt und hebt sich schnell. Ist sie aufgeregt?

Warum?

Da taucht wieder das neue Gefühl auf: *wegen dir.*

Doch das ist natürlich totaler Blödsinn.

Sie ist eine Frau von Welt.

Ich bin nichts.

Ein Versager!

Immer tiefer fahren wir in den schönen Wald. Alte Buchen und Eichen, an denen dunkelgrünes Efeu sich hochrankt, bilden einen lichtdurchfluteten Bestand.

Es ist ein Wald wie in einem Märchen.

Plötzlich sind wir auf einem Plateau. Sie hält an und stellt den Motor ab.

Nur die Vögel singen ihr Lied. Es duftet frisch und angenehm nach Moos.

Wir sind allein.

Nur wir zwei.

Warum gefällt mir das?

„Na, wie war die Fahrt?" Sie lächelt.

„Gut!", sage ich und ziehe mir umständlich den Helm ab.

„Nur gut?", fragt sie leicht enttäuscht.

„Ja, also echt schön!"

„Hmmm! War ich zu schnell?"

„Nein, nein", sage ich hastig. Sie rempelt mich an.

„Ich kann auch viel schneller!" Ich traue mich und gebe ihr einen kleinen Klaps auf den Arm.

„Na, das will ich sehen!"

„Aha, eine Herausforderung!" Wir lachen.

Es tut so gut. Meine Gedanken sind frei, und ich spüre keine Schatten und keine Angst mehr. Wenn es nur immer so wäre.

Wenn ich nur immer hier wäre.

Wir gehen ein Stück nebeneinander her. Es ist, als wären wir Freunde. Wir kämpfen uns durch dichtes Gebüsch und stehen plötzlich auf einem kleinen Hang, von dem man das Schloss sehen kann. Die Sonne steht schon wieder tief und verzaubert die friedliche Landschaft, die nicht aus unserer Zeit zu sein scheint. Meine Gedanken schweifen ab und ich beginne zu träumen.

Doch deshalb bin ich nicht hier.

„Ist das die Trasse?", frage ich routiniert.

„Ja für die Wasserversorgung und den Strom. Mann müsste sie wieder öffnen, vor allem die Büsche, die zuzuwachsen drohen, entfernen." Sie steht ganz nahe bei mir und ich atme tief ein, um ihren Duft wahrzunehmen.

Ich mag ihren Duft!

„Hmmm, die Trasse ist schon steil!", sage ich und überlege, wie ich technisch vorgehe.

„Oh, dann geht das gar nicht so einfach!", sagt sie und ich höre, wie ihre Stimme sorgenvoll klingt. Sie schaut mich an und ich sehe ihre Stirnfalte.

Ich gebe ihr wieder einen kleinen Klaps auf ihren linken Arm.

„Dooooch! Ist nicht so einfach, aber sie haben ja einen Profi engagiert!"

Sie gibt mir einen Klaps zurück.

„Das weiß ich doch!" Sie lächelt mich an.

„Aber Sie passen doch auf sich auf, ja?" Schon wieder höre ich Sorge in ihrer Stimme.

Um mich?

Das wäre schön!

Das würde mir gefallen.

Sie ist sehr hübsch.

„Selbstverständlich!", sage ich und möchte professionell wirken.

Nicht so einfach. Also genau genommen gefährlich! Was bist du nur für ein dummes Huhn, sage ich zu mir selber.

Jetzt bekomme ich richtig Angst. *Hätte ich ihn nicht mit etwas anderem beauftragen können. Ja, zum Beispiel die Beete jäten oder den Rasen zu mähen oder, oder ...*

Ich bin egoistisch und habe die Konsequenzen nicht bedacht. Ich wollte ihn bei mir haben, in meiner Nähe und gleichzeitig ihm das fehlende Geld geben.

Der Plan schien gut, doch jetzt begibt er sich wegen mir in Gefahr. Das ist schlecht! Sehr schlecht, doch einen Rückzieher kann ich nicht mehr machen. Das geht nicht. Ich werde einfach nach ihm schauen, damit nichts passiert.

Doch wäre das so schlimm?

Dann wäre er frei und von seinem Gelübde befreit.

Aber noch ist nicht die Zeit dafür gekommen, das weiß ich. Ich muss warten und mich mit den Momenten zufriedengeben.

Momenten wie diesem.

Er wird freier. Ich habe einen kleinen Klaps bekommen.

Ob ich je mehr bekomme?

Ich hoffe es und dabei macht mein Herz Sprünge.

Wir gehen zurück zum Plateau. Ich gehe hinter Frau von Löwenstein. Ich beobachte jede ihrer Bewegungen. Ich kann mich nicht satt daran sehen.

Sie gibt mir meinen Helm.

„Na, zeigen Sie doch mal, wie Sie fahren?" Ihre Augen leuchten fordernd.

„Iiiiich?" Mir wird ganz mulmig. Ich bin noch nie ein Quad gefahren.

„Ja, oder trauen Sie sich nicht?" Sie hebt beide Augenbrauen.

Also das geht ja gar nicht. Natürlich traue ich mich, wenn auch mit einem mulmigen Gefühl.

Ich ziehe wieder umständlich diesen blöden Helm auf. Plötzlich merke ich, wie heiß es eigentlich ist. Ich steige auf und Frau von Löwenstein setzt sich hinter mich.

Ich starte und das ganze Quad macht einen Sprung nach vorne.

„Huch!", murmele ich.

„Haha, Sie müssen erst den Gang rau machen", sagt Frau von Löwenstein und lacht.

Aber ich spüre, dass sie mich nicht auslacht. Es ist ein anderes Lachen, so wie unter Freunden.

Auch ich lache.

„Gut, so machen wir es! Sie müssen sich festhalten!"

Wieder lachen wir beide.

„Okay, woran denn?"

„Na, an mir!" Wir lachen und sie legt ihre Arme um meinen Bauch.

Alles in mir beginnt zu kribbeln.

Ein tolles Gefühl!

Meine Gedanken sind frei, ich bin frei. So frei waren sie noch nie. Immer ging es um etwas in meinem Leben. Etwas musste immer erreicht und bestanden werden. Immer wurde ich geprüft und überwacht. Neid und Missgunst sind noch immer meine ständigen Begleiter.

Doch ich spüre, wie diese niederträchtigen Gefühle hier keine Macht haben. Ja, ich denke, sie gibt es hier nicht.

Und das, wo uns nur der dunkle Wald von all dem anderen trennt.

Den anderen!

Ich denke an meine Frau.

Ich möchte ihr erzählen, wie schön es hier ist.

Vielleicht kommt sie ja mal mit.

Frau von Löwenstein drückt fester zu. Erst jetzt merke ich, wie schnell ich fahre.

Ich sehe den Brunnen vor mir und drücke auf die Bremse. Der Kies knirscht und wir stehen in einer Wolke aus Staub.

Jemand hustet.

Ich sehe Johann, der mit einem Handtuch über seinem linken Arm stramm wie ein Zinnsoldat neben meinem Audi steht.

„Okay, gebe mich geschlagen! Sie sind der bessere Fahrer." Sie rempelt mich an.

„Ja, wenn man Traktoren fahren kann, dann kann man alles fahren!", sage ich sehr stolz und etwas überheblich.

„Wirklich!" Sie rempelt mich wieder an.

„Mylady!", ruft Johann und sein Tonfall gibt mir zu erkennen, dass er all das nicht für gut hält. Er kommt näher.

„Eure Hoheit sollte ein Bad nehmen, und ich denke, Herr Klaar will eh seinen weiteren Geschäften nachgehen." Das sagt er und sein Blick, den er gegen mich richtet, ist abschätzig. Fast meine ich einen Hauch von Missachtung zu spüren.

„Ach was, nein, aber es ist heiß! Wir haben Durst, bringen Sie uns doch eine Flasche Champagner auf die Terrasse. Sie bleiben doch noch etwas? Oder?" Ich sehe die Hoffnung in ihren Augen, die ich nicht enttäuschen kann. Doch Champagner um diese Zeit!

„Nur wenn ich nicht störe!", sage ich kleinlaut.

„Sie und stören! Ich bin doch froh, wenn jemand da ist." Sie hakt sich bei mir unter und zieht mich die Treppe hoch. „Wissen Sie, wenn man so lange alleine war, dann freut man sich doch über einen so netten Gesprächspartner!" Sie zwinkert mir zu. Ich werde rot.

Wir gehen denselben Weg, den ich gestern gegangen bin.

„Bin gleich zurück! Nicht weglaufen!", sagt sie und geht den Weg zurück. Ich höre sie die Treppe hochgehen und langsam verschwinden. Es ist still, nur das leise Klacken des goldenen Pendels ist zu hören. Fast wirkt es lauter als alles andere. Doch das ist nur die Stille, die dieses Gefühl verstärkt.

Ich stehe alleine in dem großen Raum. Ich verfolge das Schwingen des Pendels und bilde mir schon wieder ein, dass es mit jedem Mal etwas langsamer wird.

Natürlich kann das nicht sein, Uhren gehen immer gleich schnell.

Plötzlich fällt mir die Truhe auf, die direkt unter der Uhr steht. Die Truhe ist aus poliertem schwarzem Holz. Ich versuche die Holzart zu erkennen, doch es ist kein einheimisches Holz.

Vier Füße stützen den rechteckigen Korpus, der mir fast wie ein Sarg vorkommt. Doch eigentlich sind es keine Füße, sondern Totenschädel. Weiße, bleiche Totenschädel bilden an jeder Ecke eine Stütze.

Ich frage mich, ob sie echt sind.

Natürlich nicht, sage ich zu mir leise.

Unter dem Deckel ist ebenfalls eine Reihe von Totenschädel angebracht. Die Reihe umfasst die ganze Truhe wie eine Bordüre.

Ich trete einen Schritt zurück, um die Symbole auf der Vorderseite besser betrachten zu können.

In der Mitte ist das größte Symbol, ein Baum. Auch er ist aus weißem Material in das dunkle Holz eingearbeitet. Es ist ein großer Laubbaum, der aber gerade seine Blätter verliert.

Das linke Symbol ist wieder ein Totenschädel, allerdings der eines Raubtieres. Ich denke an die Löwen.

Das rechte Symbol ist ein Schwert, in dem mit roter Schrift etwas steht:

"ultionem mean timetis"

Ich weiß nicht, was das bedeutet. Es hört sich lateinisch an, doch ich hatte nie Latein. Eigentlich finde ich diese Sprache schön. Doch ich bin nicht sonderlich begabt in Sprachen.

Das Holz ist so glatt poliert, dass man sich darin spiegeln kann.

Ob es überhaupt Holz ist ...

Ich möchte die Truhe berühren und strecke die Hand aus.

„Nicht!" Ein Schrei lässt mich zusammenzucken. Frau von Löwenstein steht neben mir und hält meine Hand.

„Nicht berühren!", sagt sie, als sie merkt, wie sehr ich mich erschreckt habe.

„Nein, ich, also ich, ich wollte nicht ...", stottere ich, ohne einen zusammenhängenden Satz hervorzubringen.

„Nicht schlimm, das Holz ist nur sehr empfindlich!" Sie lächelt mich an.

„Habe ich Sie erschreckt?"

„Nein, nein ... doch!", sage ich und wir lachen.

„Was ist das für Holz?", frage ich, doch sie ignoriert meine Frage und geht vorweg auf die Terrasse.

„Kommen Sie?"

Doch ich bin schon da und habe meine Frage vergessen.

Sie geht die kleine Steintreppe hinunter in den Park. Ich folge ihr und beobachte ihre Bewegungen.

Ich mag ihre Bewegungen.

Unten steht neben einer dicken Linde eine kleine weiße Bank aus Marmor. Daneben stehen auf einem kleinen Tischchen zwei Gläser und die Flasche Champagner. Von Johann ist keine Spur zu sehen und ich bin froh darüber.

Es ist still. Sogar die Vögel sind verstummt.

„Der Sommer wird schön! Finden Sie nicht?" Sie setzt sich auf die Bank und lässt ihren Kopf zurückfallen. Sie schließ die Augen und scheint den Moment zu genießen. Ihre langen goldblonden Haare wehen in der angenehmen Brise.

Sie steht auf und schenkt den perlenden Champagner ein.

„Schön, dass Sie noch geblieben sind!", flüstert sie und wird dabei rot.

„Ja, ich, also, es ist einfach so schön hier bei Ihnen!", sage ich schon wieder fast stotternd.

De Champagner entfaltet seine Wirkung und ich werde immer ruhiger und lockerer.

Ich möchte bleiben, doch ich habe versprochen, früh nach Hause zu kommen.

Meiner Frau.

Ich stehe auf und stelle das Glas zurück auf den Tisch. Auch Frau von Löwenstein steht auf. Sie wirkt, als hätte ich sie aus einem Traum erweckt.

„Oh, Sie müssen gehen!"

„Ja!"

„Ja, dann bringe ich Sie noch zu Ihrem Wagen!"

„Danke!"

Wir gehen durch den Park um das Schloss. Überall blüht es. Alles ist so ordentlich und schön.

So schön wie sie.

Ich muss zurück und mein Versprechen halten.

Das Kleine und das Große.

Wir verabschieden uns mit einem Handschlag.

Das ist komisch, doch was hätte ich sonst tun sollen.

Was hätte ich tun wollen?

Ich weiß es, doch ich weiß auch, dass das nicht geht.

Es wird nie gehen.

Ich starte den Motor und winke ihr zu. Dann fahre ich los, um die Versprechen zu halten.

Als ich durch den dunklen Wald fahre, spüre ich, wie eine unsichtbare kalte Hand sich um mein Herz legt und langsam zudrückt.

Die Schatten sind zurück.

Ich bin zurück in der Welt, wo diese Schatten Macht besitzen.

Mein Mobiltelefon klingelt.

Warum hast du ihn nicht in den Arm genommen, frage ich mich; ich hätte es so gerne gewollt.

Doch ich habe mich nicht getraut.

Ich starre immer noch in die Richtung und sehe, wie die letzten Reste der Staubwolke langsam vom Wind verweht werden.

Er ist weg.

Zurück in die Welt der Menschen.

Zurück zu ihr.

Um sein Versprechen zu halten.

Du weißt, dass er es halten wird, sage ich laut zu mir selber.

Doch ich will es nicht wissen. Nicht jetzt. Ich möchte den Moment genießen, der aber schon wieder verflogen ist.

Es werden neue Momente kommen. Noch ein paar. Dann werde ich wieder alleine sein. Alleine für eine lange Zeit.

Oder für immer.

Doch sein Versprechen ist begrenzt.

Dann gehört er dir, rufe ich in den klaren Himmel.

Doch es droht Gefahr. Gefahr für ihn. Ich habe es heute noch deutlicher gespürt als gestern. Es sind dies nicht die Schatten, die mit ihren langen kalten Fingern nach ihm greifen. Nein, da ist noch eine andere, schlimmere Gefahr.

Ich muss mehr über diese Gefahr herausfinden. Ich muss vorbereitet sein. Doch ich weiß nicht, wie.

Ich fühle mich hilflos.

Heute Nacht werde ich in die Gewölbe gehen und erst zurückkommen, wenn ich vorbereitet bin.

Ich war allein.

Er ist es nicht, denn ich bin da.

Für ihn.

Nur für ihn.

Morgen kommt er zurück.

Zu mir!

„Hallo?", sage ich, denn ich kenne die Nummer.

„Birkner! Wo stecken Sie?", sagt mein Steuerberater.

„Hier!", höre ich mich sagen. Ich war immer hier.

„Hmmm! Ich versuche Sie schon den ganzen Tag zu erreichen!" Es klingt nicht vorwurfsvoll. Und doch fühle ich mich, als
hätte ich was falsch gemacht.

„Ja, ich habe einen neuen Auftrag an Land gezogen!", sage ich
etwas stolz.

„Das ist gut! Folgendes: Das Finanzamt lehnt den Einspruch ab.
Wir müssen klagen. Dazu brauche ich noch eine Vollmacht von
Ihnen!" Ich höre die Worte und alles beginnt sich zu drehen. Ich
fahre rechts ran.

„Klagen! Da verliere ich nur!" Meine Stimme wirkt gedrückt
und belegt. Mein rechter Arm zittert.

„Nein! Wir haben gute Chancen, Sie haben ja mich!", sagt Herr
Birkner.

WIR, er führt den Kampf mit mir. Das hört sich gut an und ich
werde ruhiger, etwas!

Doch ich weiß, dass ich keine Chance habe. Ich werde noch mehr Geld verlieren. Geld, das ich nicht habe und nie haben werde.

„Kann man es nicht in Raten bezahlen?", höre ich mich sagen, als stünde ich weit neben mir. Wie soll das gehen? Weitere Raten?

Es geht nicht!

Und doch gibt es einen Aufschub.

Vielleicht.

Ich höre Stille.

„Herr Birkner?"

„Hmmm, dann müssten Sie halt gleich was zahlen. Aber bedenken Sie, wir haben gute Chancen!"

„Wie viel?" Meine Stimme bebt.

„Eine Rate, ich denke so 1000 Euro! Und dann diese Summe jeden Monat!"

Mir wird schwarz vor Augen. Diese Summe ist unmöglich. Das Kartenhaus wackelt. Ich möchte nur noch meine Ruhe. Mein Blick fällt zurück zum dunklen Wald. Soll ich einfach zurückfahren? Meine Gedanken werden von dunklen Wolken erfasst. Sie schweifen ab und gehen hinunter in die Tiefe.

Der Tod scheint mir eine Alternative.

Mein Tod.

Wem würde ich fehlen?

Ich hätte Frieden.

Alle hätten Frieden.

„Hallo? Sind Sie noch dran?"

„Äh ja! Ich fahre in mein Büro! Kann ich Sie noch eine Weile erreichen?"

„Sicher, bis 21.00 Uhr!"

Ich biege in meine Auffahrt ein und gehe um das Haus in mein Büro.

Zitternd schalte ich den Computer ein und logge mich in das Bank-Programm ein.

Was hoffe ich zu finden?

Geld?

Nein, da ist nichts!

Die Konten sind gesperrt!

Aber vielleicht kann ich noch irgendwo überziehen. Dann könnte ich mir das Problem vom Hals schaffen.

Für eine kleine Weile.

Der Computer piepst und beginnt zu blinken. Meine Anspannung ist wieder in Panik gewechselt. Panik habe ich immer, wenn ich meine Konten prüfe. Angst vor dem Ende. Dem unausweichlichen Ende.

Was wäre daran so schlimm?

Es wäre ruhig!

Das wäre schön!

Ein Geräusch verrät meinen geschlossenen Augen, dass der Kontostand angezeigt wird. Euphorie vertreibt die Panik.

Ich habe Chancen!

Ich kann die 1000 Euro bezahlen und das Kartenhaus stützen und erhalten.

Euphorisch wähle ich die Nummer, die ich kenne.

„Birkner!"

„Es geht, wir machen Ratenzahlung!"

„Gut dann erledige ich das!"

„Danke!"

„Bis morgen!"

Alles in mir möchte jubeln.

Es geht weiter! Auch wenn die Dinge nicht so sind, wie sie sein sollten.

Ich wollte mit Frau von Löwenstein darüber sprechen, unbedingt.

Ich muss es auch tun!

Des Anstandes und der Ehrlichkeit wegen.

„Das ist doch egal, dann arbeitest du halt mehrere Wochen für das Geld!", sage ich laut und schaue auf die Überweisung von über 17 000 Euro der Hofkammer Fürstenhaus Löwenstein.

Erst jetzt merke ich, dass ich stehe. Erschöpft falle ich zurück in meinen Stuhl.

Erschöpft und erleichtert.

Dankbar!

Doch plötzlich ist alles anders.

Die Panik ist zurück, denn ich habe etwas vergessen.

Ein Versprechen.

Das Kleine!

Angsterfüllt steige ich die hölzernen Stufen hoch in unsere Wohnung. Alles ist dunkel und ruhig.

„Hallooooo!", rufe ich und versuche dabei fröhlich zu klingen. Ich hoffe auf eine fröhliche Antwort. Doch niemand antwortet mir. Ich gehe in unser Schlafzimmer.

„Schläfst du schon?", flüstere ich.

„Ja!"

„Du, es tut mir leid, aber ...“

„Ich muss schlafen! Frühdienst!", sagt sie kalt.

„Okay!"

„Und eines sage ich dir: So geht es nicht weiter!" Ihre Stimme wirkt fremd und kalt.

„Entschuldigung! Aber ich musste noch mit Herrn Birkner etwas regeln."

„Immer dasselbe! Wo warst du überhaupt? Ich habe früher frei bekommen und bin schon seit 16.00 Uhr hier!" Sie beginnt mich mit Vorwürfen zu überhäufen.

„Ich habe den neuen Auftrag angeschaut! Das habe ich dir doch erzählt!", sage ich enttäuscht und stolz zugleich.

„Hmmm! Kann sein!" Dann dreht sie sich von mir weg und schläft ein.

Ich höre die Tür in das Schloss fallen. Sie hat sich nicht verabschiedet. Sie ist wütend, und irgendwie kann ich sie ja verstehen. Ich habe Schuldgefühle. Ich möchte nicht, dass wir uns streiten, ich möchte, dass alles gut ist.

Doch nichts ist gut und ich komme immer tiefer in die Welt der Schatten. Erst jetzt fällt mir auf, dass ich gestern wieder nichts gegessen habe.

Aber ich hatte auch keinen Hunger und der Druck war gestern Abend wieder da. Sogar jetzt ist er nicht ganz verschwunden.

Ich sollte etwas essen!

Ich werde nachher auf der Station anrufen und mich noch einmal entschuldigen. Ich liebe sie und ich halte doch nur für sie durch.

Warum sonst?

Für wen?

Ich hatte mich auf heute gefreut, doch nun lastet der gestrige Abend über all dem und drückt die Stimmung in ein Tief.

Ich stehe auf und merke, dass der Druck nicht weggeht. Doch das ist mir egal, so lange ich nur arbeiten kann.

Ich gehe zum Kühlschrank und nehme eine kalte Cola heraus.

Meine Vesper. Dazu lege ich noch einige der Kühl-Akkus.

Heute wird es heiß und dies ist eigentlich kein Wetter für Forstarbeiten.

Doch ich muss!

Überleben!

Und für das bekommene Geld arbeiten.

Ein weiteres Versprechen, das ich unbedingt halten muss. Ich kann Frau von Löwenstein nicht enttäuschen.

Als ich vor mein Haus trete, bilde ich mir ein, das Parfüm von Frau von Löwenstein zu riechen.

Doch es ist dies nur der Duft des alten Fliederbaumes meines Großvaters.

Ich denke an ihn!

Er wäre stolz gewesen, wenn er sehen könnte, wie ich sein altes Haus hergerichtet habe.

Er ist lange tot und das Haus gehört der Bank.

Die Bank, die schon 3 Monate keine Rate mehr bekommen hat.

Ich möchte diese Gedanken nicht und steige in meinen Traktor und fahre los. Los, um durch den dunklen Wald auf die andere Seite zu gelangen.

Es ist noch früh und die aufgehende Sonne lässt das Schloss orange erscheinen. Um das Schloss sind noch leichte Nebelschwanden zu sehen, welche ein spannendes Gefühl erzeugen. Ich habe angehalten und bin kurz ausgestiegen.

Ausgestiegen, um die Ruhe und den Frieden in mich aufzunehmen.

Es tut gut.

Die Schatten haben keine Macht.

Nicht hier!

Meine Seele atmet auf. Doch ich spüre, dass sie gelitten hat und beschädigt ist.

Eine Träne kann ich nicht unterdrücken. Ich wische sie ab und steige in meinen Traktor. Ich biege nach der kleinen Anhöhe nach rechts ab. Ich möchte Frau von Löwenstein nicht stören.

Langsam kommt meine Kraft zurück.

Es wird ein anstrengender Tag.

Die Sonne blendet mich, doch ich kann ihn spüren. Er ist da. Zurück aus der verhassten Welt.

Doch etwas ist vorgefallen. Er ist verletzt, ich kann den Schmerz spüren, als wäre es der meine.

Die Dinge verändern sich und ich weiß, dass es richtig war, zu kommen.

Die Schatten hätten ihn sonst zugrunde gerichtet. Davor werde ich ihn beschützen.

Es sind immer die Friedlichen, nach denen das Böse greift.

Aber es wird mit mir rechnen müssen.

Ich höre Schritte, die ich kenne. Deshalb drehe ich mich nicht um.

„Mylady haben wieder nicht geschlafen!" Johann klingt besorgt. Ich sage nichts. Er kommt näher.

„Ist er es wert?"

„Ja, er und kein anderer. Er ist alles, was ich habe, alles, was ich möchte, alles, für das es sich lohnt, zu kämpfen!"

„Seien Sie auf der Hut. Er wird nicht Ihre Erwartungen erfüllen!" Dann entfernen sich seine Schritte.

Doch Johann irrt. Er hat schon alle Erwartungen erfüllt.

Ich hatte meinen Moment.

Mehr erwarte ich nicht.

Das genügt!

Je mehr ich arbeite, umso mehr verschwindet der Druck. Ich schwitze, aber das tut mir gut. Der Gehörschutz, den ich trage, erzeugt ein Gefühl der Abgeschiedenheit.

Hier bist du Sicher!, sagt eine Stimme in meinem Kopf. Ich denke, dass ich schon 3 Stunden gearbeitet habe. Zeit, um einen Schluck zu trinken. Ich schalte den Motor ab und lege den Gehörschutz beiseite.

Stille!

Ein alter Baumstamm lädt mich ein, auf ihm zu rasten.

Es ist so schön hier.

Als wäre ich in einer anderen Welt.

Ich wähle die Nummer, die ich kenne. Vielleicht geht ja meine Frau direkt an das Telefon.

Niemand nimmt ab.

Ich lege auf und nehme einen Schluck Cola.

Noch ist es kalt. Auch die Luft ist noch angenehm, doch ich spüre, dass es heiß werden wird.

„Hier bleiben wir!", sage ich und klopfe meinem Traktor auf den großen Reifen.

Es raschelt im Gebüsch. Etwas, ein Tier, versucht durchzukommen. Das Rascheln wir lauter.

Es muss ein großes Tier sein. Neugierig stehe ich auf.

Angst habe ich keine, nicht im Wald, nur bei den Menschen. Kurz frage ich mich, ob dies merkwürdig ist. Doch dann erschrecke ich doch. Vor mir steht ein enorm großer Hirsch.

Ich habe noch nie einen in freier Wildbahn gesehen. Doch das Besondere daran ist, dass der Hirsch weiß ist. Sein ganzes Fell ist schneeweiß.

Ich zähle 16 Enden an seinem großen Geweih. Er kommt auf mich zu und hält mich dabei fest mit seinen Augen gefangen. Es sind große Augen und sie haben die gleiche Farbe wie die von Frau von Löwenstein.

Er bleibt stehen und beobachtet mich.

Sein Blick hält mich gefangen. Ich kann diesem Blick nicht ausweichen, aber ich kann darin lesen.

Es ist ein neugieriger und fragender Blick. Er will in meine Seele sehen. Wer ich bin! Wie ich bin und warum ich hier bin.

Ich habe nichts zu verbergen, ich gestatte dem Blick, tiefer in mich einzudringen. Er dreht den Kopf weg und läuft ein Stück den Weg entlang, den ich gekommen bin. Dann dreht er sich noch einmal um und ist dann so schnell verschwunden, wie er gekommen ist.

Ich bin aufgeregt. Noch nie habe ich einen Hirsch gesehen.

Da kannst du was erzählen, sage ich zu mir selber.

Ich nehme noch einen Schluck. Die Cola ist jetzt schon nicht mehr kühl. Ich denke nach und frage mich, ob ich mir das nur eingebildet habe.

Egal! Ich muss weiterarbeiten, der Tag ist noch lang und ich bin schon müde.

Es ist einfach zu heiß für diese Arbeiten.

Doch es geht weiter, es muss weitergehen.

Die Luft wird heißer und das Atmen fällt schwerer. Die Sonne hat meinen Arbeitsplatz voll erfasst. Ich merke, wie die Leistung sinkt. Ich bin erschöpft.

Ich höre eine Stimme.

Jemand ruft nach mir.

Doch hier kann mich keiner finden.

Und doch, ich höre meinen Namen.

Ich gehe um den lärmenden Traktor herum und sehe Frau von Löwenstein.

Sie hat eine beigefarbene kurze Hose an, Wanderschuhe und eine helle Bluse, die sie über ihrem Bauchnabel zusammengebunden hat.

Sie ist hübsch!

Unheimlich hübsch.

Ich schalte den Traktor ab und lege den Gehörschutz auf die Seite. Als ich den Hügel hinaufsteige, näher zu ihr, sehe ich, dass sie einen Korb bei sich trägt.

„Hi!", sagt sie und lächelt mich erwartungsvoll an.

„Hi!", antworte ich wie ein Teenager.

„Mittagspause!", sagt sie und hebt den Korb hoch.

„Oh, ja, ist es schon so spät!"

„Haben Sie keinen Hunger?"

„Doch, doch! Gerade wollte ich etwas essen!", lüge ich.

„Ja, dann komme ich doch noch rechtzeitig! Ich hoffe, Sie mögen Fleischkäsebrötchen?"

„Ich?! Ja sicher! Ist das für mich?" Erstaunt sehe ich den Korb an und dann Frau von Löwenstein. Ihre Augen leuchten voller Freude, als spüre sie, welche Freude sie mir damit macht.

„Ja, also, wer so schwer arbeitet, der muss auch was Gutes essen." Geschäftig stellt sie den Korb ab und legt eine kleine Tischdecke auf den Waldboden. Dann folgen allerlei Schüsseln und auch Flaschen und Tassen.

„Sooooo! Greifen Sie zu, Herr Klaar. Ich nehme ein Brötchen."

„Setzen wir uns doch!"

„Gerne!" Das Strahlen in ihren Augen lässt sich kaum noch beschreiben.

Wir setzen uns.

Stille.

Ich werde noch nervöser und merke, dass ich rot werde. Aus dem Augenwinkel beobachte ich sie.

Sie ist auch rot.

Ob sie nervös ist.

Wegen mir.

Dieser Gedanke gefällt mir. Doch er ist eher Fiktion denn Realität.

„Osschön sö nöschts?", nuschele ich mit vollem Mund.

Wir lachen.

„Entschuldigung!"

„Ich bin nicht so hungrig! Habe ja noch nichts geschafft!", sagt sie und versucht meinen Dialekt etwas nachzumachen.

Das hört sich komisch an.

Wir lachen.

Wir lachen.

Sie steigt auf das Quad und fährt los.

Sie hat nicht mehr gewunken. Ich spüre, dass sie verletzt ist.

Habe ich sie verletzt?

Mir wird schwindelig und plötzlich ist der Druck wieder da.

Ich muss weiterarbeiten.

Ich fahre zu schnell. Doch ich musste weg. Fast hätte er die Träne gesehen. Doch ich habe sie zurückgehalten.

Ich wusste, dass es weh tun wird.

Doch es war schlimmer, als ich es mir in meinen kühnsten Träumen ausgemalt hatte.

Du wusstest es, sage ich zu mir, nachdem ich angehalten habe.

Doch ich wollte es nicht wissen. *Er gehört ihr, nicht dir!*

All das weiß ich, und das werde ich nicht ändern können.

Doch warum tut es nur so weh?

Ich denke an seine Worte: *Sie sind aber eine tolle Frau.*

Der Schmerz lässt nach.

Kraft fließt zurück in meine Adern.

Noch nie, in all den Jahren, hat jemand so etwas Nettes zu mir gesagt.

Er ist anders. Anders als alle anderen.

Und gerade das wird mir weh tun.

Egal! Einen Moment, den hatte ich. Einen mehr, und morgen wird er zu mir kommen.

Morgen gehört er mir.

Nicht ihr.

Für einen weiteren Moment.

Ich gebe Gas und fahre wieder zu schnell.

Ich höre pünktlich auf. Nicht zu pünktlich, da ich ja genau sein möchte.

Sie hat mich ja schon bezahlt.

Ich möchte genau sein.

Und doch schaffe ich es, pünktlich durch den dunklen Wald zu fahren.

Ich freue mich.

Ob sie sich auch freut?

Auf mich.

Nur auf mich!

Ich liebe sie und kann keinen Streit leiden.

Ob alles wieder gut ist?

Ich hoffe es, doch zu der kalten Hand, die mein Herz umklammert hält, kommt noch der Druck auf meinem Bauch.

Seit dem Essen ist er schlimmer geworden.

Noch ein Problem. Ich atme schwer aus! Mein Leben besteht nur aus Problemen.

Ich parke vor dem Büro und gehe aufgeregt um das Haus.

Ich trete in den Flur und sehe, wie meine Frau ihre Tasche nimmt.

„Hallo!", sage ich und schaue wohl verwundert.

„Ich habe es dir doch gesagt!"

„Was?"

„Ich bin heute mit den Kollegen weg!"

„Aha!"

„Du hast es vergessen, oder?"

„Nein!", lüge ich.

„So hörst du mir also zu!"

Sie ist wütend und rauscht an mir vorbei.

Sie gibt mir keinen Kuss.

Das verletzt mich, doch ich sage nichts. Die Schuld liegt ja bei mir.

„Da ist schon wieder so ein komischer Brief gekommen!", sagt sie, als sie die Treppe heruntergeht.

„Wie komisch?", frage ich und merke die Rückkehr der Panik.

„Ja, wie immer! Ich musste unterschreiben!"

Ein Auto fährt vor.

Es ist ihr Kollege, der seinen linken Unterarm lässig auf dem geöffneten Fenster liegen hat. Er trägt eine dunkle Sonnenbrille.

„Warte nicht auf mich!", sagt meine Frau und steigt ein. Als ihr Kollege losfährt, grinst er mich an.

Ich weiß, was er sagen wollte.

Jetzt gehört sie mir!

Doch sie ist meine Frau.

Sie gehört zu mir!

Zitternd gehe ich in unsere Küche. Es riecht frisch, fast denke ich, es riecht nach Flieder.

Es riecht nach Flieder.

Meine Frau hat einen Strauß auf die Ablage gestellt.

Einen Strauß mit dem dunkelroten Flieder vom Baum meines Großvaters.

Daneben liegt das blaue Kuvert.

Ich weiß, was das ist.

Aber ich möchte es ignorieren.

Aber das würde nichts helfen.

Ich setze mich.

Ich beschließe, das Kuvert morgen zu öffnen.

Doch morgen ist nichts anders.

Der Druck in meinem Bauch ist zu einem Stechen geworden und ich falle auf den Boden.

Niemand ist da, der mir helfen kann.

Ich krümme mich und habe das Gefühl, dass ich platze.

Ich bin krank.

Krank von all den Problemen.

Vielleicht sterbe ich jetzt.

Dann wäre alles ruhig und schön.

Niemand würde mich vermissen.

Ich versuche zu atmen und nehme den Duft des Flieders war.

Niemand?

Ich öffne die Augen.

Ich bin nicht tot.

Wie lange ich auf dem Boden gelegen habe, weiß ich nicht.

Die Sonne scheint zaghaft durch die Jalousien. Es ist früher Morgen.

Meine Frau ist nicht nach Hause gekommen. Sonst hätte sie mich gefunden.

Gerettet.

Doch der Schmerz ist weg.

Allerdings spüre ich immer noch diesen Druck.

Egal.

Ich ziehe mich am Küchentisch hoch.

Mir wird schwarz vor Augen und ich plumpse auf die Eckbank.

Langsam wird es besser.

Ich blicke auf das blaue Kuvert. Ich stehe auf und gehe zur Ablage.

Ich finde kein Messer, deshalb reiße ich es auf, als ob ich mit einem Kraftakt alles wegschieben könnte.

Kann ich aber nicht.

Ein Rechtsanwalt, den ich nicht kenne, fordert von mir 5346,98 Euro.

Über die Hälfte sind aufgelaufene Kosten.

Ich werde anrufen und Ratenzahlung vereinbaren.

Später!

Jetzt ist es noch zu früh.

Doch eigentlich schuldet es die Klaar GmbH.

Aber ich bin Philip Klaar und mein Name steht auf dem Kuvert.

Ich werde anrufen.

Später!

Jetzt stehe ich seit Stunden vor dem dunklen Wald.

Ich bin feige.

Ich hätte einfach durchgehen sollen.

Auf die andere Seite.

Zurück!

Und doch stehe ich noch immer hier. Er braucht Hilfe.

Warum zögerst du, sagt die Stimme in meinem Kopf.

„Weil ich feige bin", rufe ich in den dunklen Wald hinein.

Ich denke an damals.

An all die Erinnerungen, den Schmerz, die Trauer, die Enttäuschung und die Verzweiflung.

Will ich zurück?

Kann ich zurück?

Für ihn!

Für ihn würde ich es tun.

Für ihn werde ich es tun.

Tun müssen.

Doch ich spüre, die Gefahr ist etwas gewichen.

Er kommt.

Zurück zu mir.

Ich werde ihn heute nicht allein lassen.

Ich werde bei ihm bleiben.

Ich werde den Wald durchschreiten.

Bald!

Ich biege ab und nehme wie gestern den Forstweg auf das Plateau. Heute gibt es keine Nebelschwaden, die das Schloss einhüllen.

Es wird noch heißer.

Egal.

Mit jeder Minute, die ich hier bin, geht es mir besser.

Als ich auf das Plateau komme, steht das weiße Quad schon da. Frau von Löwenstein sitzt darauf. Sie trägt eine dieser altmodischen grünen Forsthosen mit orangen Dreiecken auf der Unterseite. Dazu ein dickes grobes rotkariertes Wollhemd.

Das sieht albern aus.

Ich klettere aus meiner Kabine. Es bereitet mir Mühe.

Das tut es sonst nicht.

„Hi! Sie sind aber früh auf!", sage ich und freue mich, sie zu sehen, als hätte ich sie eine Woche nicht gesehen.

„Oh, ich brauche nicht mehr so viel Schlaf!"

„Wollen Sie helfen?", frage ich und zeige auf ihre Forsthose.

„Wenn ich darf?"

„Aber es ist gefährlich! Gefährliche Arbeit!", sage ich und höre mich dabei fast an wie einer meiner Lehrer von früher.

„Ja dann ist es ja besser, wenn ich da bin. Also, falls was passiert, kann immer einer Hilfe holen." Sie lächelt mich an.

Dieses Lächeln zieht mich immer mehr in seinen Bann.

Ich schlucke trocken. Sie hat sich informiert. Ich fühle mich wie ein kleiner Lausbub ertappt.

„Ja das ist gut!", sage ich und lächle. Doch dieses Lächeln ist gequält.

„Fein!" Sie hüpft vom Quad.

Mein Innerstes wird entspannter. Das Gefühl, alleine zu sein, ist verschwunden.

Ein Gefühl der Stärke steigt auf.

Ich kenne Frau von Löwenstein nicht, und doch habe ich das Gefühl, als kenne ich sie mein ganzes Leben.

Kurz hatte ich Angst, dass er mich wegschickt. Doch ich habe die Leidenschaft in seinen Augen gesehen. Das Feuer und die Freude, mich zu sehen.

Ein Moment.

Nur für mich!

Doch ich habe noch etwas gesehen.

Etwas, dass mir Angst macht.

Seine Augen werden gelb, wie die des Wolfes.

Das ist nicht gut.

Ich muss in das Gewölbe.

Jetzt habe ich einen Ansatz, nach was ich suchen muss.

Heute noch!

Wir arbeiten zusammen.

Es ist so schön.

Sie ist so schön.

Sie schwitzt und ich atme ihren Duft.

Sie hat Parfüm aufgetragen, doch es vermischt sich mit ihrem eigenen.

Ich mag das.

Sehr sogar!

Doch eigentlich ist dies keine Arbeit für eine solche Frau.

Sie ist doch eine Lady.

Sie sollte sich nicht schmutzig machen.

Aber ich spüre, dass sie gerne bei mir ist.

Das neue Gefühl verstärkt sich.

Sie ist gerne bei dir.

Bei mir.

Sie mag mich.

Warum?

Vielleicht ohne ein Warum!

Das wäre schön.

Ich möchte es mir vorstellen, dass es so ist.

Das kann ich, das darf ich. Da verletze ich niemanden.

Ich sollte meine Frau anrufen.

Später!

„Mache ich es so richtig?", ruft Frau von Löwenstein mir zu und achtet nicht auf den dicken Ast.

„Vorsicht!", rufe ich, doch sie hört mich nicht, da sie meinen Gehörschutz trägt.

Der Ast wird vom Buschhacker erfasst und schlägt mit voller Wucht zurück. Er trifft Frau von Löwenstein am Bauch und wirft sie um.

Fast denke ich, ich spüre ihren Schmerz.

Ich renne los.

„Ist ihnen etwas passiert?", frage ich und hebe ihren Kopf hoch. Sie lächelt mich an.

„Mir? Mir passiert nichts mehr!"

„Ich bringe Sie besser zu einem Arzt!", sage ich und meine Gedanken schmieden schon einen Plan für den Transport.

„Nein!" schreit sie plötzlich sehr heftig. „Nein! Keinen Arzt! Bitte! Aber vielleicht können Sie mich zum Schloss bringen." Beim letzten Satz hat sie die Stimme gesenkt, ja sie hat diesen schon fast geflüstert. Ihre Augen sind groß und schauen mich hilfesuchend an. Diesem Blick könnte ich nie etwas abschlagen.

„Ja sicher, aber ich denke, also ..." Ich rede nicht weiter. Doch ich würde lieber einen Arzt holen.

Ich beschließe, den Traktor zu nehmen. Er kommt mir besser geeignet vor als das Quad.

Ich steige ein und hieve Frau von Löwenstein auf den Notsitz.

Ich hoffe, dass sie sich nichts gebrochen hat.

Der Schlag war heftig.

Ich mache mir Vorwürfe.

Du hättest sie nicht arbeiten lassen sollen, sagt die eine Stimme.

Es ist ihr Wald, sagt die andere.

Ich habe einen Fehler gemacht.

Wieder!

Ich mache alles falsch.

Immer.

Die Zerwürfnisse in meiner Seele geben alles.

Ich fahre los.

Es ist nicht weit.

Sie hält sich an meinem linken Arm fest.

Sie ist ganz dicht bei mir.

Ich wünsche mir, dass der Weg weiter wäre.

Doch ich fahre schon in den Hof vor dem Schloss.

Johann steht auf der Treppe, als wüsste er, dass etwas passiert ist.

Sein Blick ist vorwurfsvoll.

Ich steige zuerst aus und stütze Frau von Löwenstein.

Ich spüre ihre Nähe.

Das ist so schön.

„Danke! Ich kümmere mich um den Rest!", sagt Johann in einem herrischen Ton.

Ich ignoriere ihn.

Er drängt sich zwischen uns.

Ich möchte, dass nie etwas zwischen uns steht.

Es wird nie etwas zwischen uns stehen.

Das weiß ich.

Ich spüre es.

Frau von Löwenstein knickt ein. Ich halte sie fest. So fest ich kann. Nie würde ich sie loslassen. Ich greife ihr unter die Knie und hebe sie hoch. Ihre Augen flackern.

„Was tun Sie da!", schreit Johann entrüstet.

„Ich halte sie!", sage ich und schaue ihn nicht an.

„Ich denke, das ist nun meine Aufgabe!", sagt er.

„Das ist schon in Ordnung, Johann! Danke!", sagt Frau von Löwenstein und ihre Stimme ist flach.

Ich bekomme Angst.

Ich sollte einen Arzt rufen.

Doch sie möchte es nicht.

Aber vielleicht ist dies eine falsche Entscheidung.

Ich merke, wie wichtig diese Frau, die ich eigentlich nicht kenne, für mich ist.

Noch nie habe ich so jemanden getroffen.

Ich spüre Nähe, Wärme, Freundlichkeit, Freundschaft und ...

L I E B E.

Doch all das wird nie gehen. Ich liebe meine Frau.

Auch.

Anders.

Doch das ist wichtig.

Ich gab ihr ein Versprechen.

Das werde ich halten.

Denn diese Dinge sind mir wichtig. Egal, was kommt, ich werde ehrlich bleiben. Mein Blick fällt auf ihre Augen. Sie sieht mich an. Das Blau darin ist unendlich tief.

Ich weiß, dass ich darin gefangen bin, dass ich darin versinken werde.

Ich möchte es.

Doch es kann nicht sein.

„Ich zeige Ihnen ihre Räume!", sagt Johann und geht voran.

Ich folge ihm und ich spüre ihre Nähe. Meine Arme sind stark. Sie werden sie immer halten.

Wir gehen in das Schloss. Nach oben. Die schöne Treppe empor. Alles ist hell und duftet nach Flieder. Goldene Bordüren säumen die Wände und Decken.

Es gibt keine Bilder, nur das Große unter der Treppe.

Johann öffnet eine weiße Doppeltüre. Er tritt einen Schritt zurück und macht eine Geste zum Eintreten.

Das Zimmer ist doppelt so groß wie das, wo ihr Schreibtisch steht.

Es ist ihr Schlafzimmer.

In der Mitte steht ein großes Himmelbett mit hellblauen Vorhängen. Die Fenster sind geöffnet und lassen die Vorhänge leicht mit dem Bett spielen.

Ich lege sie behutsam auf das Bett.

Noch immer möchte ich einen Arzt rufen.

„Gut! Ihre Dienste werden nun nicht mehr gebraucht!", sagt Johann und drängt sich zwischen uns.

„Johann, danke, aber Sie können sich zurückziehen!" Frau von Löwenstein schaut ihn ernst an.

„Sehr wohl!", antwortet er und sein Blick verrät mir, dass er mich hasst.

Doch ich habe ihm nichts getan.

Wie vielen anderen auch nicht und doch hassen sie mich.

Warum?

Johann schließt die Tür von außen. Er ist weg. Darüber bin ich froh.

„Er kann mich nicht leiden!", sage ich tonlos.

„Nein, nein! Er ist halt etwas gewöhnungsbedürftig."

„Hmm!"

Frau von Löwenstein setzt sich auf.

„Setzen Sie sich doch!", sagt sie und lächelt, als wäre sie nicht verletzt.

Ich schaue mich nach einem Stuhl um, doch ich sehe keinen.

„Ja, zu mir auf das Bett, ich beiße nicht!" Sie lacht und ich werde rot.

Ich setze mich ganz knapp auf eine Ecke.

„Geht es Ihnen wieder besser!"

„Ja, alles wieder gut! War wohl nur die Hitze!"

„Aber Sie haben da sicherlich eine enorme Prellung! Spüren Sie nichts?"

„Ach, da ist nichts, schauen Sie!" Sie zieht das grobe Hemd aus. Ich senke den Blick.

„Ja, hallo, schauen müssen Sie schon, sonst glauben Sie es nicht!"

Ich schaue. Sie trägt eine Art Mieder. Doch von einer Prellung oder einem Hämatom ist nichts zu sehen.

Und der Schlag war sehr hart.

„Hart wie eine Eiche! Altes Adelsgeschlecht!" Sie lacht und haut sich auf den Arm.

Ich bin erleichtert und doch verwundert.

„Da bin ich aber froh. Ja dann ...", sage ich und stehe auf.

Doch eigentlich hätte ich ewig so sitzen können und sie anschauen mögen.

Das darf ich aber nicht.

„Oh, Sie müssen gehen!" Ihre Augen flackern wieder.

„Ja, eigentlich schon!"

„Aber wir müssen noch einen Schluck zusammen trinken! Ehrenwort!" Sie klopft sich auf die Brust und äfft mich von gestern nach.

Wir lachen.

„Einverstanden!", sage ich.

Sie hüpft aus dem Bett und streift sich die Forsthose ab.

Sie trägt jetzt nur das Mieder und grobe Wollsocken.

In der Ecke drückt sie auf eine der Bordüren.

Eine verborgene Tür springt auf.

„Kommen Sie, im Garten ist es doch schöner! Aber wir wollen doch Johann keine Sorgen machen."

„Nein, niemals!" Wir lachen wie Schulkinder.

Es ist so schön und einfach.

Ich habe keine Sorgen mehr, alles ist weg.

Weit weg.

Hinter dem dunklen Wald.

Ich möchte nicht mehr zurück!

Nie mehr!

Einfach nur einmal nicht korrekt sein.

Doch ich werde zurückkehren.

Weil ich korrekt bin.

Weil ich anders bin.

Weil ich ein Versprechen erfüllen muss.

Er sieht mich mit seinen schlohweißen buschigen Augenbrauen vorwurfsvoll an.

Er will mir Gewissensbisse machen.

Doch das schafft er nicht.

„Sie spielen ein Spiel!"

„Nein, das tue ich nicht!", sage ich tonlos und schaue ihn nicht an.

„Das ist nicht in Ordnung! Er hat seine Prinzipien!"

„Das weiß ich!", sage ich trotzig und nehme den Rest Champagner direkt aus der Flasche. Ich sehe Johann dabei nicht an, doch weiß ich genau, dass er seine Augenbrauen in diesem Moment noch mehr hochzieht. Für eine Lady gehört es sich nicht, aus der Flasche zu trinken.

Was gehört sich dann?

Auf ewig Schmerz, Pein und Niedertracht zu ertragen?

Vielleicht.

Doch ich will das nicht mehr.

Ich möchte spüren.

Wie es ist.

Nähe, Wärme, Geborgenheit, Ehre, Achtung und vor allem:

geliebt zu werden.

Und das tut er!

Ich spüre das!

Ich kann viele Gefühle spüren.

Oft ist dies eine Last.

Doch bei ihm genieße ich es.

„Sie müssen Contenance bewahren!"

„Nein!" antworte ich noch trotziger. „Dieses Mal nicht!"

„Es wird wieder weh tun!" Die Stimme von Johann ist ohne Regung. Ich weiß, dass er anders ist, doch er hat seine Gefühle stets unter Kontrolle.

Manchmal wünsche ich mir, dass ich dies auch könnte.

Doch dann wäre vieles anders.

Das Salz würde fehlen.

Alles, für das ich zurückgekommen bin, wäre sinnlos.

Ich wäre sinnlos und bedeutungslos.

Ich weiß, dass er recht hat und dass er es gut mit mir meint.

Doch bilde ich mir ein, ein Recht darauf zu haben.

Ich will spüren!

„Dieses Mal werde ich weitergehen!", sage ich entschlossen und schaue Johann nun an. Er sagt nichts, doch sein Gesicht wirkt ernst.

„Ich werde durch den dunklen Wald gehen. Gehen müssen! Ich werde seine Waffe sein! Gegen alles!" Ich senke die Stimme und den Kopf. Die dunklen Gefühle übermannen mich. Ich denke zurück an damals.

Es wird heute nicht anders sein.

Hinter dem Wald werde ich nur wieder die gleichen Dinge finden.

Neid, Hass, Habgier, Egoismus, Niedertracht, Lüge, Verleumdung, Denunziation, Mord, Schmerz und Betrug.

Ich hasse diese Dinge und ich hasse die Menschen, in denen all das lebt.

Doch was lebt, kann sterben.

Das letzte Mal bin ich zurückgewichen.

Dieses Mal bin ich stärker und werde nicht weichen.

Nicht für mich.

Für ihn.

Nur für ihn.

Ich werde seine Waffe sein.

Ich parke den Traktor und öffne die Tür in das Büro. Keine Anrufe! Ich atme erleichtert aus. Und noch etwas nehme ich war: Es duftet nach Essen.

Sie ist da und hat gekocht.

Für uns!

Das ist gut.

Alles ist gut.

Alles wird gut.

Euphorie strömt durch meinen Körper. Der Gedanke, es schaffen zu können, ist stark.

Ich habe Angst, dass dies nicht anhalten könnte.

Doch der Moment ist einfach gut.

Er tut gut.

Ich renne die Holztreppe hoch in unsere Küche.

Ich gehe hinein.

„Hi!" Meine Frau sieht fröhlich aus und schenkt mir ein Lächeln.

„Hi, das duftet aber!", sage ich auch fröhlich und froh.

Es ist alles wieder gut!

„Ja, du kannst dich gleich setzen!"

Ich setze mich und bin glücklich. Glücklich, dass alles wieder gut ist und ich so eine großartige Frau habe.

Nur der Druck ist wieder da.

Ich habe eigentlich keinen Hunger, aber ich werde essen.

Ich muss, sonst ist sie enttäuscht.

Ich möchte nicht, dass sie enttäuscht ist.

„Wie war dein Treffen gestern?" Es interessiert mich, da ich doch spüre, etwas eifersüchtig zu sein.

Doch das ist blöd!

Oder?

„Och, ganz okay. Und wie läuft dein Auftrag?"

„Super, so viel habe ich noch nie verdient!" Ich schmunzele und bin schon etwas stolz.

Sie stellt das Essen auf den Tisch: Linsen mit selbstgemachten Spätzle.

Traditionell und gut.

So wie ich!

Zumindest hat dies meine Frau einmal gesagt: Ich sei traditionell und gut.

Ich denke, dass dies eine noble Beschreibung ist.

Oder?

„Ja, und für wen arbeitest du da?"

„Für Frau von Löwenstein, draußen auf dem Schloss!"

„Hmmm? Welches Schloss?"

„Na, das Schloss Löwenstein, kurz hinter der Stadt rechts!", erkläre ich, als hätte ich das schon immer gewusst.

„Jaa, da ist ein altes Schloss. Mein Bruder hat dort mal Pizza gegessen. Die haben einen schönen Biergarten!"

„Hahaha! Ja, einen schönen Garten hat Frau von Löwenstein, aber keinen Biergarten!"

Ich lache.

Sie lacht auch.

Wir lachen.

Es ist schön, und doch etwas anders.

Sie küsst mich.

„Schlaf noch eine Weile, ja!"

„Ich versuch's!", verspreche ich.

Sie geht.

Zur Arbeit. Und ich fühle mich schlecht.

Ich habe versagt.

Dafür schäme ich mich.

Dabei war alles so schön. Wir haben gelacht, uns geküsst.

Und dann hat es nicht geklappt. Bei mir. Ich ärgere mich darüber und mache mir Sorgen, warum das so ist.

Ich kann eigentlich nichts richtig. „Mach dir keine Gedanken", hat meine Frau gesagt.

„Doch, ich mache mir Gedanken." Noch mehr Sorgen!

Eine Sorge mehr!

Gerade, wo es aufwärts geht.

Ich spüre den Druck und ein leichtes Stechen.

Das Stechen ist kein gutes Zeichen.

Ich möchte weglaufen.

Ich möchte zurück zum Schloss.

Ich stehe auf.

Es ist noch früh, doch schon hell.

Ich beeile mich.

Damit ich schnell durch den dunklen Wald komme

… und alles hinter mir lasse.

Die Bäume erwarten mich. Es sind große alte Bäume. Ich schätze die Dicksten auf über 300 Jahre.

Sie begrüßen mich, als ob ich ein Freund wäre.

Ihr dunkelgrünes Laub spielt mit dem Wind. Er ist noch flach, so wie mein Herzschlag.

Ich atme tief ein und der Duft von Moos und frischem Gras dringt tief in meine Gedanken ein.

So sollte es immer sein.

Friedlich.

Doch ich befinde mich im Krieg.

Gegen mich.

Gegen die anderen.

Irgendwie gegen alles.

Es wird nie anders werden. Ich habe kaum noch Hoffnung. Ich betrachte meinen Unterarm, die Stelle, wo die Pulsader verläuft.

Ein Gedanke.

Der Falsche, und doch denke ich ihn.

Es wäre vorbei, schnell.

Ich beginne zu arbeiten.

Das vertreibt die dunklen Gedanken.

Heute werde ich viel arbeiten.

Es gibt viel Dunkles, das vertrieben werden muss.

Ich sitze schon eine Stunde auf der weißen Bank.

Ob er kommen wird?

Bestimmt!

Ich bin extra nicht hochgefahren.

Er soll frei entscheiden, ohne Zwang.

Sich entscheiden für mich.

Nicht endgültig, das wird er nicht.

Nein, nur für den Moment.

Eine Stunde für uns zwei.

Es wird eine Stunde sein.

Doch für uns wird es mehr sein.

Das Pendel verschafft uns Zeit.

Nicht grenzenlos, aber ausreichend.

Ich stehe auf, denn jetzt müsste ich ihn ankommen hören.

Nichts.

Nur die Vögel singen ihr Lied.

Ich schaue auf die Wiese. Unter der großen Eiche lagert das Rudel im Schatten. Der weiße Hirsch hat sein Haupt erhoben und schaut zu mir herüber. Ich spüre seinen Blick. Ich ertrage ihn nicht.

Nicht jetzt.

Denn heute wird er nicht kommen.

Er ist zurück durch den dunklen Wald gefahren und hat mich nicht besucht.

Eine Träne sucht ihren Weg über meine Wange.

Du wusstest es, sagt die Stimme in meinem Kopf. Sie möchte sich mit der von Johann und mit der des Hirsches verbinden.

Gemeinsam wollen sie rufen: „Er ist wie alle anderen. Er wird dir weh tun! Gehen wir weg!"

Doch ich spüre, dass es nicht so ist. Er ist anders. Er ist es wert.

Doch wird er nie mir gehören.

Und ich weiß das.

Ich muss es akzeptieren.

Es gibt vielleicht noch einen Moment.

Doch vielleicht habe ich auch schon alle erlebt, die mir erlaubt sind.

Doch spüre ich die Gefahr, die droht. Es ist mehr als eine.

Und wenn nicht für mich, dann für ihn und seine Zukunft.

Eine Zukunft, die ich nie hatte.

Die kann ich ihm geben.

Es ist mein Geschenk für die Momente, die er mir gegeben hat.

Mein letzter Blick galt dem Schloss und der tief stehenden Sonne. Gerne, zu gerne wäre ich hinuntergefahren.

Doch ich weiß nicht, ob ich willkommen wäre.

Ich möchte mich nicht aufdrängen.

Sie würde sich freuen, sage ich zu mir selber, doch bin ich nicht sicher.

Warum sollte sie sich über mich freuen. Sicher hat sie heute wichtigen Besuch oder wichtige Dinge zu erledigen.

Da würde ich nur stören.

Ich möchte nicht stören, und dennoch – etwas in mir wollte hinunterfahren.

Einfach nur neben ihr sitzen.

Für einen Moment.

Ich denke an meine Frau.

Ich habe sie enttäuscht.

Schon wieder.

Eigentlich immer.

Vielleicht kann ich es heute Abend wiedergutmachen.

Ich habe mir das fest vorgenommen.

Ich werde es wiedergutmachen.

Unsere Pläne für die Zukunft in die Tat umsetzten.

Ein weiteres Mitglied für unsere kleine Familie.

Das wäre schön.

Warum soll das bei uns nicht klappen.

Wir sind doch nicht anders.

Oder?

Manchmal denke ich, dass ich anders bin.

Vielleicht einfacher.

Unkomplizierter!

Und doch ist mein Leben alles andere als unkompliziert.

Ich parke und gehe durch das Büro.

Es liegen neue Briefe auf dem Schreibtisch. Einer hat die Farbe Blau.

Ich weiß, was das schon wieder bedeutet. Und es wird mir wieder eng in der Brust. Auch der Druck ist wieder da.

Ich gehe die hölzerne Treppe nach oben.

Es riecht nicht nach Gekochtem.

Das macht mir Sorgen.

Ich gehe in die Küche, meine Frau ist nicht da.

„Ich bin zu Hause!", rufe ich, aber ich weiß nicht, wo sie ist. Eine Tür fällt zu. Es ist die Badezimmertür.

„So ein Mist!", flucht meine Frau und rauscht an mir vorbei.

Angst kommt in mir hoch. Dieses Mal in rascher Folge mit Panik.

„Warum?" Meine Stimme klingt belegt. Ich habe etwas falsch gemacht.

Doch was?

Ich habe den ganzen Tag gekämpft.

Darum, das Kartenhaus zu erhalten.

Damit daraus unsere Zukunft entsteht.

Für uns!

Ich wollte nichts falsch machen.

„Ich muss einspringen! Nachtdienst!", sagt sie sehr wütend.

Dafür kann ich nichts und doch fühle ich mich schuldig, als sei dies einzig und allein meine Schuld.

Doch das ist sie nicht.

„Weißt du, so kann es nicht weiter gehen!"

Ich schlucke trocken.

Ich möchte, dass alles gut ist.

Ich liebe sie.

„Ja, so, wie alles läuft!"

„Was meinst du! Es läuft doch gut!"

„Nein!" Ihre Stimme ist kalt.

„Ich arbeite nur. Wir sehen uns kaum. Und das mit einem Kind können wir auch vergessen!", sagt sie feindselig.

„Aber, es tut mir leid! Wegen gestern! Aber ich dachte heute, vielleicht …!"

„Muss zur Schicht! Und dann funktioniert es halt nicht! Egal, aber ich weiß nicht, ob ich so leben will. So wie alles ist."

„Es wird doch gerade besser!", sage ich und merke, wie in mir etwas beginnt, einzustürzen.

Ein Gefühl, dass ich noch nie hatte und so nicht kannte.

Ich möchte sie umarmen! Ihr zeigen, dass ich sie doch liebe. Und alles tun werde, damit es besser wird.

Doch sie will nicht umarmt werden.

Sie will weitere Vorwürfe an mich richten.

Sie will mich in den Abgrund treiben.

„Dauernd kommen diese Briefe und irgendwelche Typen, die Geld fordern. So sieht meine Zukunft nicht aus. So nicht!", sagt sie und schlägt die Tür zu.

Sie ist weg!

Ich habe Angst, dass sie nicht zurückkommt.

Und ich kann sie verstehen.

Ich habe nichts, dass es wert wäre, zu bleiben.

Ich habe sie nicht verdient.

Mir ist schwindelig. Ich öffne das blaue Kuvert.

Es ist von der Bank.

Sie kündigen den Kredit für mein Haus, wenn ich den Rückstand nicht bis übermorgen ausgleiche.

Aber es ist doch mein Haus.

Unser Haus.

Für unsere Zukunft.

Ich rufe Herrn Birkner an.

Er ist dafür nicht zuständig, doch ich kann sonst niemanden anrufen.

Er ist nicht da.

Ich bin allein.

Verzweifelt und allein.

Ich möchte Ruhe, einfach nur Ruhe und Frieden.

Doch hier scheint es diesen für mich nicht zu geben.

Ich fahre durch den dunklen Wald, der heute Abend noch dunkler ist als sonst. Meine Augen sind wässrig. Doch ich weine nicht.

Männer weinen nicht.

Ich sehe das Schloss, doch ich biege ab und fahre auf das Plateau.

Zu meinen Freunden.

Ich parke den Audi, der mir nun bald nicht mehr gehört.

Noch nie gehört hat.

Ich steige aus.

Es riecht frisch und der Wind ist schon etwas kühl. Die Blätter meiner Freunde sind schon von der Dämmerung dunkel gefärbt.

Ich lausche ihren Stimmen im Wind.

Schön, dass du da bist.

Hier bist du willkommen

Setz dich zu uns

Eine Träne rinnt mir über die Wange. Ich erwische sie mit der Zunge und schmecke das Salz darin.

Ich werde nun hierbleiben.

Für immer.

Das ist ein guter Ort.

Der Beste!

Der Baumstamm wirkt vertraut. Als wäre er nur für mich bestimmt.

Ich bilde mir ein, dass dieser Platz nur für mich allein ist.

Allein, so wie ich jetzt bin.

Doch das ist gut so.

Es ist Zeit.

Bringe ich den Mut auf?

Ich weiß es nicht.

Ich werde es herausfinden.

Mein linker Arm ruht auf meinem linken Knie. Ich zittere. Ich habe Angst, doch die Angst vor den Schatten und den Fehlern ist größer.

Ich greife an die rechte Seite meines Gürtels, dort, wo immer das scharfe Jagdmesser hängt.

Es ist da.

So, wie es sein sollte.

Ich ziehe es aus der Scheide.

Ob es weh tut?

Bestimmt!

Doch nur noch einmal, dann ist es vorbei.

Und dann?

Ich weiß es nicht. Man erzählt so vieles, was danach sein wird.

Ich schließe die Augen und möchte die Welt danach so sehen, wie sie mir gefällt.

Friedlich und ruhig!

Ein Platz, wo ich willkommen bin.

So, wie ich bin.

Fern der Schatten.

Es wird nicht weh tun. Ich lächle, als die zweite Träne einen Weg auf den kühlen Waldboden findet.

Etwas Feuchtes, Kühles stupst mich an. Das Messer gleitet mir aus der Hand und fällt in die Brennnesseln.

Ich öffne meine Augen, die jetzt wässrig sind.

Ich schaue in die treuen Augen eines großen braunen Hundes.

Er schaut mich freundlich und etwas mitleidig an. Sein Schwanz wedelt.

Ich streichle ihm über den Kopf.

„Ja, wo kommst du denn her!", sage ich und freue mich. Ich denke an den braunen Hund, der mein Freund war. Lange Zeit.

Und eine lange Zeit ist es her.

Er ist tot.

Fast wäre ich bei ihm gewesen.

Fast.

Ob er sich gefreut hätte?

Ich falle auf die Knie und umarme den Hund.

Jetzt bin ich nicht mehr allein.

„Sie heißt Ira!", sagt die schönste Stimme auf der ganzen Welt.

Frau von Löwenstein kommt den Forstweg entlang. Sie trägt eine helle Bluse, dazu kurze Shorts und grobe Wanderschuhe. Eine hellblaue Tasche hat sie lässig umgehängt.

Ich springe auf und werde rot. Ich fühle mich ertappt wie ein Schüler, wenn er etwas gemopst hat.

„Oh, hallo! Ich, äh, ich, ja ich, also … wollte wegen morgen … sehen … ob ...!"

Ich stottere, als wäre ich nicht fähig, einen ganzen Satz zu sprechen. Mit meiner Hand wische ich über mein Gesicht und möchte die Tränen vertreiben.

„Soso!", sagt sie und ich entdecke die Falte auf ihrer Stirn.

„Darf ich mich zu Ihnen setzen?"

„Klar!" Ich bin nervös.

Was denkt sie über mich?

Was hat sie gesehen?

Wird sie mich entlassen?

Sie packt eine Flasche aus Steinzeug aus. Dann stellt sie zwei kleine Becher aus Zinn auf den Baumstamm und gießt etwas ein.

„Also etwas kann Johann ja besonders gut: Das Herstellen von Destillaten! Ich denke, wir zwei brauchen jetzt einen Schluck!" Sie gibt mir einen der Becher und zwinkert mir zu.

Ich leere den Becher in einem Zug. Frau von Löwenstein nippt nur daran. Es brennt in meinem Rachen wie Feuer. Doch als dieses Gefühl nachlässt, spüre ich den angenehmen Geschmack von Mirabellen.

Die Wirkung setzt prompt ein und das Blut kommt zurück in meine Adern. Mein Herzschlag wird schneller.

Es fühlt sich an, als wäre ich zurück im Leben.

Sie rempelt mich an.

„Möchten Sie darüber reden?"

„Ich, ich, ich weiß nicht. Es ist alles so schwierig. Da ist niemand, dem ich das alles erzählen kann. Kein Freund! Ich habe keine Kraft mehr!" Mein Körper zittert nun an allen Enden. Tränen werden zu einem Sturzbach. Ich sehe sie nicht an. Doch ich spüre ihre Nähe und dass sie mich ansieht.

Sie nimmt meine rechte Hand und drückt diese ganz fest mit beiden Händen. Ich sehe sie an, doch sie sieht gerade aus.

„Ich bin Veronika! Einfach nur Veronika, und ich habe auch keinen Freund. Nie gehabt. Doch ich wäre gerne ein Freund! Dein

Freund!" Jetzt sieht sie mich an. Ihre Wangen sind rot. Ihre Augenlieder flackern. Sie wirkt nervös, als ob sie sich vor meiner Antwort fürchtet.

Ich breche zusammen und falle ihr in ihre schlanken Arme.

„Philip, einfach nur Philip!", schluchze ich. Mein Körper gehört mir nicht mehr. Alles zittert und die Tränen tränken ihre Bluse. Doch sie hält mich fest. Ich weiß, dass sie mich nie loslassen wird. Ihre Arme sind stark.

Stärker als all die Schatten.

Ich bin nicht allein. Werde nie mehr alleine sein.

Ira legt ihren Kopf auf meinen Schoß.

Alles ist gut.

Ich beginne zu frösteln. Wie lange sie mich gehalten hat, weiß ich nicht. Ich könnte ewig so sitzen bleiben.

Doch das geht nicht.

„Komm! Wir gehen nach Hause!", sagt sie und hilft mir auf die Beine. Meine Beine gehorchen mir noch nicht. Sie fühlen sich fremd an.

„Meinst du, Ira passt da rein?" Veronika zeigt auf den Kofferraum meines Audis.

„Klar, sogar zwei davon!", sage ich und wir lachen.

Ich muss die Hutablage entfernen, doch dann hat Ira ausreichend Platz.

Ein gutes Auto.

Doch nicht meines!

Ich denke an das Kartenhaus.

Tränen drücken wieder aus meinen Augen.

Veronika streicht mir über die Wange.

„Komm, nach Hause!", sagt sie und wir steigen ein.

Ich fahre langsam.

Zum Schloss.

Ich steige zuerst aus und halte Veronika die Tür auf.

Sie lächelt und steigt sehr elegant aus.

Ich mag ihre Bewegungen.

Sehr sogar.

„Oh, ein Gentleman! Da muss man aber in der jetzigen Zeit lange suchen! Was habe ich für ein Glück." Ich grinse verlegen.

Ich öffne den Kofferraum und Ira springt heraus.

„Ja, also, ja, dann danke!", sage ich verlegen. Sie schaut mich verdutzt an.

„Möchtest du nicht mit hereinkommen? Johann hat seinen freien Tag!", sagt sie verschwörerisch.

„Ja, schon, aber ich weiß nicht. Ich sollte ..." Ich sage nicht „Nach Hause". Ich wollte es sagen, doch es scheint mir plötzlich nicht zu passen.

Warum nicht?

Mein Zuhause ist doch hinter dem dunklen Wald.

Dort ist der Ort, für den ich alles gegeben habe. Ein Heim für meine Familie.

Ein Zuhause.

Oder?

Meine Gefühle spielen verrückt.

„Oder wartet jemand auf dich?"

„Nein!", rufe ich und meine Stimme ist fest. Zu Hause ist nur die Leere und die Dunkelheit.

„Ich komme noch gerne eine Weile!", sage ich und freue mich.

Sie strahlt mich an. Und ich spüre ihre aufrichtige Freude. Noch nie habe ich so ein Gefühl gespürt.

Sie freut sich, nur, weil ich da bin.

Dableibe!

Eine Weile!

Ein bisschen störrisch. Doch jetzt schläft er wie ein Dachs.

Schön sieht er aus. So friedlich.

Ich habe ihm das helle Zimmer gerichtet. Hier wird er Ruhe und Erholung finden. Ich gieße mir noch einmal ein Destillat ein.

Es war knapp, und ich habe es nicht kommen sehen.

Das ist nicht gut.

Zwar habe ich die Gefahren gespürt, doch nicht die, die von ihm selber ausging.

Warum hast du nicht gewartet, sagt die Stimme in meinem Kopf. *Dann würde er nun dir gehören.*

Doch da bin ich mir nicht sicher.

So soll es nicht sein.

Er hat einen Schwur getan.

Den will er erfüllen.

Den muss er erfüllen.

Glück kann man nicht auf den Schmerzen anderer aufbauen.

Das will ich nicht.

Da wäre ich wie jene, die ich hasse.

Ich bin anders.

Er ist anders.

Doch seine Seele ist krank.

Geschwächt von den Schatten.

Es ist gut, dass ich da bin.

Ich streichele ihm über die Wange. Ich rieche seinen Duft.

Er ist bei mir.

Ein Moment, der mir gehört.

Und das Pendel wird diesen Moment verlängern.

Nicht ewig.

Doch der Morgen dauert länger.

Weil ich es so will.

Für mich.

Dieses Mal werde ich nicht weichen.

Nicht noch einmal.

Ich höre die schweren Schritte von Johann.

Ich öffne die Augen. Lange habe ich wach dagelegen und versucht, sie zu öffnen.

Einmal musste es sein.

Ich wollte nicht.

Ich will glauben, dass ich fort bin. Fort aus der Welt der Schatten.

So könnte es sein.

Ich möchte, dass es so ist.

Ich fühle das weiche, dünne Laken.

Ich bin nicht zu Hause!

Oder doch?

Es ist nicht das Bett, in dem ich sonst schlafe.

Ich rieche den Duft von Flieder.

„Guten Morgen!" Veronika lächelt mich an. Ihre goldblonden Haare hat sie zu einem Zopf gebunden.

Das sieht schön aus!

„Gut geschlafen?" Ihre Augen wirken zuversichtlich.

„So gut wie noch nie!", sage ich und meine Stimme ist noch müde.

„Frühstück?"

„Wie spät ist es denn?" Ich setze mich auf und sehe nun, dass ich in einem großen Zimmer mit Gold und Stuckdecke liege. Ein großes Fenster ist geöffnet und ich sehe den Park. Dunstschwaden ziehen noch hindurch.

„Oh, wir haben noch Zeit!" Veronika lächelt mich an und gibt mir einen Kuss auf die Wange.

Ich sitze auf der Terrasse in der Sonne.

Es ist schön!

Wie Urlaub!

Und schöner!

Doch ich bin nicht im Urlaub, nein, ganz bestimmt nicht.

Ich sollte nach Hause, auch wenn mir der Begriff plötzlich nicht mehr so recht passen will.

Ich will nicht noch mehr Ärger.

Und den bekomme ich, wenn ich nicht in meinem Haus bin, wenn meine Frau nach Hause kommt.

Sie wird sich Sorgen machen!

Wird sie das?

Was wäre gewesen, wenn ich gegangen wäre!

Wer hätte mich gefunden?

Wer hätte nach mir gesucht?

Hätte ich jemandem gefehlt?

Sie sieht mich an und ich habe das Gefühl, dass sie meine Gedanken lesen kann.

Ich frühstücke nie.

Heute schon, viel sogar! Es schmeckt mir.

Und doch sollte ich zurück!

Durch den dunklen Wald.

Doch ich kann nicht.

Will nicht.

Möchte bleiben.

Hier auf der Terrasse.

Bei ihr?

Bei ihr!

Ihre Stirn bildet eine Falte. Sie sorgt sich um etwas.

Um mich?

Das wäre schön, doch ich will keine Last sein! Für niemanden!

Lieber will ich gar nicht sein!

Ich schenke ihr ein Lächeln. Sie soll denken, dass alles in Ordnung ist. Ich will keine Last sein.

Doch sie denkt es nicht. Sie kann in mich hineinsehen. Und ich kann das spüren.

Sie spüren.

„Musst du zurück?" In ihrer Stimme steckt Furcht.

„Ja!", antworte ich und kann die Träne kaum unterdrücken.

„Wenn es schwieriger wird – ich bin immer da!" Sie steht auf und geht um den kleinen Tisch. Sie umarmt mich und drückt mich.

Das tut so gut.

Und dennoch stehe ich auf. Ich weiß, dass ich zu spät kommen werde.

Doch das ist nicht zu ändern.

„Ich komme später zur Arbeit!"

„Das eilt nicht! Morgen ist auch noch Zeit!", sagt Veronika und ich weiß, dass sie es ehrlich meint. Ich nicke, aber ich weiß auch, dass ich gerade jetzt keine Zeit mehr habe. Meine Frau ist bereits zurück.

Als ich durch das Zimmer mit der Uhr komme, scheint das Pendel stehen geblieben zu sein. Es scheint, als wäre keine Zeit vergangen.

Ich fahre zurück durch den dunklen Wald zu all den Schatten.

Ich habe Angst!

Warum hast du ihn gehen lassen?, sagt die Stimme in meinem Kopf.

Doch es musste sein.

Ich stehe neben dem Brunnen und lausche dem Plätschern des Wassers. Ich spüre, dass Johann neben mir steht.

„Sie haben ihn gehen lassen!", sagt er und es soll keine Frage sein.

Ich nicke.

„Aber hier hätten Sie ihn beschützen können!"

„Das kann ich auch dort! Und das werde ich!", sage ich und balle meine rechte Hand zu einer Faust.

Heute Nacht werde ich im Gewölbe sein.

Denn da ist noch eine andere Gefahr.

Und ich möchte ihn auch davor beschützen.

Doch ich kenne sie noch nicht.

Das ist nicht gut.

Als ich vor mein Haus fahre, ist meine Frau noch nicht da.

Es ist auch noch nicht die Zeit dazu.

Das Pendel ist nicht stehen geblieben, sondern die Uhr hat die richtige Zeit angezeigt.

Ich habe geglaubt, dass ich stundenlang auf der Terrasse gesessen habe.

Ich habe mich wohl getäuscht.

Ich merke, dass ich zittere.

Ich habe Angst.

Wie schon viele Jahre in meinem Haus.

Vor so vielem: den Aufträgen, dem fehlenden Geld, der Bank, den Gläubigern, dem Versagen.

Meine Kraft ist erschöpft.

Fast hätte ich einen Fehler begangen.

Fast.

Es wäre nur einer mehr gewesen.

Ich höre ein Auto.

Sie kommt.

Ich sehe sie durch das Fenster auf die Tür zu kommen.

Sie lächelt.

Es ist wieder alles gut.

Ich spüre, wie mein Herz schlägt vor Aufregung.

„Hallooo!" Sie küsst mich auf die Wange. Ich hoffe, dass sie nichts merkt.

„Du bist zu Hause!" Sie freut sich.

Ich freue mich, dass sie sich freut.

„Ja ich habe heute frei!", lüge ich.

„Schön, ich auch, dann haben wir Zeit für uns!"

„Ja!" Alles fällt von mir ab. Es ist doch alles gut. Es war nur ein kleiner Streit. Fast hätte ich alles weggeworfen.

Meine Zukunft.

Unsere Zukunft.

Einfach weg!

Das darf nie mehr geschehen. Ich muss stark sein. Für unser Ziel, mein Ziel: einfach eine Familie.

Glück und Frieden.

Das möchte ich.

Doch plötzlich ist da wieder der Druck auf meinem Bauch.

Ich hätte nichts frühstücken sollen.

„Du siehst so blass aus!", sagt meine Frau. Sie kennt sich damit aus. Als Krankenschwester sieht sie diese Dinge schon aus der Ferne.

„Habe ein bisschen zu viel gearbeitet! Sonst ist alles okay!" Ich lüge schon wieder und möchte das nicht.

Warum tust du das dann, sage ich zu mir selber.

Weil es einfacher ist!

„Wir könnten ja heute Abend Essen gehen und daahaan ..."

Essen ist nicht meine Stärke heute, doch ich will sie nicht enttäuschen.

„Klasse, das machen wir!", sage ich und küsse sie.

Doch es ist zu viel Furcht in mir.

Furcht, dass ich versagen könnte.

Furcht vor dem Gang in das Büro, zur Post, zu den Gerichtsvollziehern.

Vielleicht ist heute ein guter Tag.

Ein Tag in meinem Leben.

Das gestern fast aufgehört hätte.

Vielleicht hat es das ja, und ich starte jetzt in ein neues Leben.

In ein freies Leben.

Ein Blitz hat mich geweckt. Nur kurz habe ich geschlafen. Zu lange war ich in den Gewölben und das Resultat beunruhigt mich umso mehr.

Ich stehe auf und gehe zum Fenster. Ich öffne die Türen und trete auf die Dachterrasse. Der Himmel ist gelb und düster. Die Vögel haben ihr Lied eingestellt. Noch geht kein Wind. Doch ich spüre, dass er sich auf einen großen Sturm vorbereitet.

Die Luft riecht modrig und feucht. Fast meine ich den Geruch von Schwefel zu riechen.

Etwas wird geschehen.

Etwas, das Schmerzen erzeugen wird.

Die dunklen Schatten haben sich verbündet.

Ich hätte ihn zurückhalten sollen.

Ich liege wach. Eigentlich habe ich nicht geschlafen. Doch das ist mir egal. Es war schön und ich habe nicht versagt. Es war nicht einfach, doch vielleicht wird unsere Familie wachsen.

Das wäre toll.

Jemand, der zu mir aufsieht. Dem ich all die Dinge zeigen kann, die mich ausmachen.

Mit dem ich all die Dinge gemeinsam erleben kann.

Ich wäre nie mehr allein.

Ich liege wach und doch träume ich.

Der Druck ist schlimmer, doch ich ignoriere ihn.

Es klappt.

Der Himmel ist wolkenverhangen. So kann ich nicht arbeiten.

Ich gehe etwas später.

Einmal bleibe ich liegen und genieße den Tag.

„Bleibst du noch eine Weile?" Meine Frau küsst mich leidenschaftlich. Ich möchte sie zurück in das Bett ziehen.

Doch es geht nicht.

Sie muss zur Arbeit.

„Ja, ich gehe, wenn das Wetter besser ist!", sage ich.

„Hmm, oder erst wieder morgen! Du siehst immer noch blass aus! Und da ist etwas Gelbes in deinen Augen", sagt sie und wirkt besorgt.

„Ja, wenn du mich so forderst!", sage ich und ziehe sie zurück in das Bett. Sie schreit etwas auf und dann küssen wir uns.

„Ich muss doch!", flüstert sie mir in das Ohr.

„Komm bald wieder!", sage ich und bin so froh, dass ich sie habe.

Der Regen prasselt an mein Fenster, als ich ihr Auto wegfahren höre und meine Gedanken verschwinden in eine andere Welt.

In die Welt hinter dem dunklen Wald.

Es ist still.

Ich bin in der Bibliothek und weiß nicht, was ich tun soll. Soll ich zu ihm? Soll ich noch warten?

Worauf?

Was passiert gerade?

Ich öffne die Tür zur Terrasse.

Noch ist es schwül und stickig.

Kein Wind rührt sich.

Doch alles ist auf Sturm eingestellt.

Sogar das Rudel der Hirsche ist nicht auf der Wiese.

Warum gehst du nicht zu ihm?, fragt mich die Stimme in meinem Kopf.

Er ist allein, er braucht Hilfe! Deine Hilfe. Ich zittere und stehe auf der Terrasse. Ich möchte mir einreden, dass er keine Hilfe braucht.

Hast du Angst vor jenen, die dich verletzt haben?

„Ja!", schreie ich in den Park hinüber, als ob dort jemand wäre, der es hören könnte.

Jene gibt es nicht mehr. Sie sind längst vergangen!

„Aber da sind andere! Andere, die genau so sind! Egoistisch, heimtückisch, mörderisch!"

Doch er ist in Gefahr! Dir droht längst keine mehr.

Die Stimme hat recht. Ich werde zu ihm fahren. Jetzt und sofort. Ich eile durch die Bibliothek. Nur das Klacken meiner Absätze ist zu hören.

Das Klingeln des Telefons lässt alles in mir erschrecken.

Ein dumpfes Geräusch lässt mich hochschrecken. Jemand hat eine Autotür zugeschlagen.

Ich stehe auf und fühle aufsteigende Angst.

Warum?

Vor wem?

Ich schaue aus dem Fenster. Es regnet noch immer. So kann ich nicht arbeiten, so nicht. Der Schlaf hat mir gutgetan.

Ich sehe einen großen Mercedes Kombi etwa hundert Meter von meinem Haus entfernt parken.

Die Angst ist der Panik gewichen.

Die wollen zu dir!, sagt eine Stimme in mir.

Doch das kann nicht sein.

Nicht jetzt, wo alles gut läuft.

Wer soll das sein?

Ein Mann mittleren Alters steigt aus und geht zu meiner Nachbarin, die nicht zu Hause ist.

Ich atme erleichtert aus. Doch aus irgendeinem Grund werde ich immer nervöser.

Das Telefon klingelt und ich erschrecke.

Warum, frage ich mich. *Du hast nichts getan.*

„Hallo?" Meine Stimme klingt rau und belegt. Ich räuspere mich.

„Wo bist du?" Die Stimme meiner Frau klingt aufgeregt und wütend.

„Zu Hause!", sage ich mit einer Selbstverständlichkeit. Fast möchte ich lachen.

„Die Polizei sucht dich!"

Ich lache! Etwas! Nur kurz!

„Mich?! Blödsinn!" Die Panik ist unerträglich. Mir wird schwindlig.

„Doch, die haben hier angerufen! Weißt du, was mein Chef jetzt von mir denkt?"

Das weiß ich nicht.

Das will ich nicht wissen.

Ich habe Angst.

„Ich gebe dir eine Nummer, die rufst du sofort an!" Ihre Stimme klingt schrill.

Ich notiere die Nummer, doch ich zittere zu sehr.

Meine Frau hat aufgelegt, ohne einen weiteren Gruß.

Mir ist schlecht. Krampfhaft überlege ich, was ich falsch gemacht habe.

Doch ich finde nichts.

Es muss eine Verwechslung sein.

Ich gehe in das Büro. Schweiß rinnt mir über die Stirn.

Ich wähle nicht die Nummer, die ich sollte.

Es ertönt kein Freizeichen.

Dann höre ich eine Stimme.

Eine Stimme, die ich kenne.

„Hallo, halloooo?"

„Äh, ja, Klaar hier!"

„Birkner!"

Ich bin erleichtert. Wir haben uns zur selben Zeit angerufen. Dieselben Gedanken gehabt.

Er ist ein Freund.

„War die Polizei schon da?", fragt er mit sachlicher Stimme.

„Nein, aber die wollen kommen! Warum? Warum wissen Sie davon?" Meine Stimme ist die eines anderen. Ich muss mich setzen.

„Keine Panik. Alles Routine! Die waren gerade bei mir!"

„Waaas!" Ich bin entsetzt.

„Warum?"

„Jemand hat Sie angezeigt!"

„Mich, das kann nicht sein! Wegen was?"

„Alles Routine. Immer ruhig bleiben. Die werden jetzt die Akten beschlagnahmen. Einfach alles rausgeben. Um den Rest kümmere ich mich."

Ich zittere wie Espenlaub. Meine Beine gehören mir nicht mehr.

„Wegen was?", wiederhole ich zaghaft meine Frage.

„Insolvenzverschleppung! Wie gesagt: alles Routine!"

Ich habe die Nummer angerufen, die ich anrufen sollte.

Ein Polizist hat sich gemeldet und mich aufgefordert, zu Hause zu bleiben. Sie würden gleich kommen.

Aber ich möchte nicht hierbleiben. Den Begriff Zuhause erwähne ich nicht.

Nicht mehr!

Warum?

Ich zittere.

Ich könnte weglaufen, einfach weglaufen.

Kurz denke ich daran.

Doch das wäre feige.

Ich bin nicht feige!

Und ich habe nichts getan!

Der grüne Kombi fährt vor mein Haus. Er ist neutral, keine Beschriftung.

Darüber bin ich froh. Ich möchte nicht, dass meine Nachbarn etwas davon mitbekommen.

Ich schäme mich und möchte doch weglaufen.

Ich öffne die Tür.

„Herr Klaar?"

„Ja!"

„Müllergertes, Kripo! Ich habe einen Durchsuchungsbeschluss!" Er grinst mich an und übergibt mir einen Zettel.

Ich habe so etwas noch nie gesehen.

Ich fühle mich schuldig und beschmutzt.

Ich möchte noch stärker weglaufen.

Irgendwie geht mir die Kraft nicht aus.

Aus einem nicht zu erkennenden Grund schöpfe ich neue Kraft.

Woraus?

Ich weiß es nicht!

Ich bleibe standhaft und fordere seinen Ausweis.

Er zeigt mir ein Stück Pappe.

Ich habe so etwas noch nie gesehen. Daher weiß ich nicht, ob es echt ist.

Ein zweiter, sehr dicker Polizist zwängt sich an mir vorbei in mein Büro. Er zeigt mir auch ein Stück Pappe.

„KHK John!", sagt er und schaut mich nicht an.

Die Polizisten tragen keine Waffen. Kurz denke ich darüber nach, was wäre, wenn ich eine hätte.

Doch der Gedanke ist schnell vorbei.

Der Dicke, dessen Namen ich mir nicht merken will, trägt Kartons eines Discounters in mein Haus.

Das ist schäbig!

Der andere, dessen Namen ich mir auch nicht merken will, beginnt meine Ordner aus den Schränken zu ziehen und in die Kartons zu packen.

Ob er das darf?

Vermutlich!

„Sie werden nichts finden!", sage ich und meine Stimme ist kraftvoll. Kraftvoller, als ich es erwartet hätte.

Der Polizist, der nicht dick ist, lächelt mich süffisant an.

„Oh, keine Sorge! Wir finden immer was!"

Der Dicke sagt nichts. Er trägt einen dicken Mantel, obwohl es Sommer ist.

Ich möchte, dass sie gehen!

„Ich habe immer alles recht gemacht! Noch nie war ich im Konflikt mit dem Gesetz!"

„Einmal ist immer das erste Mal! Und glauben Sie mir, ,Alles recht gemacht' hat noch keiner."

„So ist es und wir bearbeiten viele Fälle", sagt nun der Dicke dazu und seine Stimme hat einen komischen Pfeifton.

„Dann bin ich der Erste!", sage ich spöttisch.

„Sicher nicht!" Ich möchte diesem Polizisten das hämische Grinsen aus dem Gesicht schlagen.

Doch ich beherrsche mich. Ich bewahre die Contenance.

Wie lange noch?

Immer?

Oder werde ich irgendwann zurückschlagen?

Gegen wen?

Die Schatten?

Die Polizisten?

Die Gerichtsvollzieher?

Sie machen nur ihre Arbeit, sagt die Stimme in meinem Kopf.

Ich gebe ihr recht. Nicht die, sondern ich bin es, der ein Verbrecher ist.

Das habe ich nicht gewollt. Nie!

Warum ist alles so kompliziert.

Wie wird es weitergehen?

Meine Kraftquelle versiegt. Das Unausweichliche wird geschehen. Das Kartenhaus wird zusammenstürzen.

„Was passiert jetzt?", frage ich den einen Polizisten, der nicht dick ist. Meine Stimme klingt unterwürfig. Fast so, als will sie alles eingestehen. Alles nur, damit Frieden herrscht.

Doch den wird es für mich nicht mehr geben. Nie mehr, da bin ich mir sicher. Meine rechte Hand greift an meinen Gürtel, dort, wo das Forstmesser hängt.

Hängen sollte.

Es ist weg!

Es liegt auf dem Plateau in den Brennnesseln.

Ich werde es finden.

Finden müssen.

Es gibt keinen Ausweg.

Ich denke an Veronika. Wie gerne hätte ich sie jetzt an meiner Seite.

Doch das hat keinen Sinn. Ich bin ein Versager und jetzt auch noch ein Verbrecher.

Sie ist eine so edle Frau. Da passe ich nicht dazu. Und ich möchte ihre Freundschaft nicht missbrauchen.

„Sie erhalten Post von uns! Dann dürfen Sie sich noch einmal äußern!" Er zeigt mir seine vergilbten Zähne. Sein Grinsen ist unausstehlich.

Der dicke Polizist zuckt mit den Schultern.

„Sie werden verurteilt zu einer Strafe, eventuell mit Bewährung, und müssen für den Schaden aufkommen! So ist es immer!" Seine Stimme klingt monoton und er würdigt mich keines Blickes.

Der Kombi fährt weg und es wird still. Der Himmel hat sich verfinstert und ich höre in der Ferne das Grollen des bevorstehenden Sturmes.

Ich schließe die Tür. Es wird stiller.

Ich bin allein.

Mit all den Gedanken und Gefühlen.

Ich möchte zurück auf das Plateau und das Messer suchen. Ein Blitz zuckt über den Himmel.

Ich werde warten müssen.

In der Ferne höre ich plötzlich die Martinshörner und sehe, wie die Feuerwehr ausrückt.

Etwas ist geschehen!

„Ja!" Meine Stimme wirkt fahrig und nervös. Was erwarte ich für eine Nachricht? Wer ruft mich an?

Es gibt nicht viele, die diese Nummer wählen können.

Nur eine!

„Hallo! Frau von Löwenstein, sind Sie es?" Ich antworte nicht, denn nur ich kann dieses Telefon abnehmen. Der Sturm ist aufgezogen und die mächtigen Bäume neigen sich unter seiner Macht.

„Dr. Rebermann!", sagt die Stimme der Frau am anderen Ende. Ich weiß, dass sie es ist. Nur sie hat diese Nummer. Nur sie kann mich kontaktieren. Doch ich möchte es nicht, ich weiß, dass es nichts Gutes bedeutet. Ihre Stimme klingt besorgt und zugleich schuldbewusst.

Ich spüre den Schmerz.

Er hat Schmerzen.

„Es tut mir leid! Ich habe es nicht kommen sehen und konnte es nicht verhindern!", sagt sie mit gesenkter Stimme.

Ich habe noch immer nichts gesagt. Was sollte ich auch?

„Es gab eine Hausdurchsuchung, bei Herrn Klaar! Sind Sie noch dran?"

Ich zittere und plumpse in den Sessel hinter meinem Schreibtisch.

„Warum!", ist alles was ich sagen kann.

Warum bei ihm?

Warum haben Sie das nicht verhindert?

Warum war ich nicht an seiner Seite?

„Jemand hat ihn angezeigt!", sagt Frau Dr. Rebermann. Doch ich höre nicht wirklich zu. Alles in mir beginnt sich zu drehen. Es ist wie damals. Es geht nur um Niedertracht, Egoismus und Gier! All dies kann ich spüren.

„Ich halte ihn für unschuldig, aber dieses Team, ich darf es doch so nennen, möchte dadurch sich selber bereichern. Sie stecken alle unter einer Decke. Jedoch ist es schwer, ihrer habhaft zu werden. Wir werden ...!"

„Die Namen!", sagt eine Stimme, die nicht meine ist und Frau Rebermann in das Wort fällt. Sie wirkt gehässig und dürstet nach Rache.

Rache an allen, die so sind. Rache an jenen, die mir weh taten. Rache an jenen, die ihm weh tun.

Ich bin gegangen und habe jenen den Triumpf überlassen.

Doch lange währte dieser nicht.

Sie sind alle längst tot.

Doch dieses Mal werde ich für Frieden sorgen.

Er wird seinen Schwur halten.

Dafür sorge ich. Alles in mir zittert. Der Wind braust durch die Bibliothek. Alles erscheint im gelben Licht.

„Bitte?" Frau Rebermann scheint verwirrt.

„Ich brauche die Namen der Polizisten und die Uhrzeit, zu der die Durchsuchung stattgefunden hat!" Meine Stimme ist tief und rau.

„Hmmm, kleinen Moment! Da muss ich schauen ..."

„Und den Namen des Auftraggebers und die Uhrzeit, wo der Beschluss ausgestellt wurde!"

Stille.

„Ja, ich habe alles vorliegen!", sagt Frau Rebermann.

„Bitte buchstabieren Sie die Namen!", sage ich und in meiner Stimme liegt das Unausweichliche.

Ich nehme eines der alten Papiere, die aus Pergament sind. Ich schreibe die Namen darauf und wiederhole jeden Buchstaben.

Die Tinte ist alt und schwarz. So wie die Leute, deren Namen ich schreibe.

Ich lasse mir Zeit. Zeit für jeden einzelnen Buchstaben, den ich wiederhole und mir von Frau Rebermann bestätigen lasse.

Dann lege ich auf, ohne noch etwas gesagt zu haben. Ich schaue auf meine Hände. Die Adern sind angeschwollen. Mir ist heiß und mein Herz rast.

Blitze lassen die Bibliothek immer von Neuem hell aufleuchten.

Doch es ist kein helles Licht. Es wirft Schatten der Dunkelheit.

Ich gehe zu der Tür, die in den Gang führt. Ich schließe diese zwei Mal ab. Niemand soll mich stören.

Niemand soll mich aufhalten.

Dann gehe ich zu der Truhe.

Ich streiche mit meinem Fingernagel über das Schwert am rechten Rand der Truhe.

Ich lese die Worte.

Ich spreche die Worte.

Ein klackendes Geräusch verrät mir, dass die Truhe sich geöffnet hat.

So, wie es sein soll.

So, wie es meine Großmutter mir gesagt hat.

Doch wäre es mir lieber gewesen, ich hätte die Truhe nicht geöffnet.

Nie!

Es ist zu spät.

Der Deckel ist schwer, als ich ihn anhebe.

So schwer wie die Last, die ich mir aufbürde.

Für ihn!

Nur für ihn.

Ihn, den ich liebe.

Ich tue dies für die Liebe und gegen alles, was ich hasse.

Die Menschen.

Ich entnehme einen Kelch aus grünem Kristall und stelle ihn auf meinen Schreibtisch.

Dann entnehme ich das kleine Kästchen aus hellrotem Holz. Ich stelle es links neben den Kelch.

Mein Puls pocht bis an meine Schläfe. Eine Träne rinnt über meine Wange.

Ich wische sie einfach weg. Doch ich weiß, sie wird nicht die Einzige bleiben.

Ein Donner lässt das ganze Schloss erzittern. Die Luft riecht verbrannt.

Ich gehe zur Uhr und stecke den Schlüssel, den ich immer bei mir trage, in das verborgene Schloss. Die Glasabdeckung springt auf. Ich stelle die mir genannte Zeit ein.

Dann öffne ich das Kästchen und lege einen der vergilbten Zettel vor den Kelch.

Ich schreibe den ersten Namen mit der schwarzen Tinte und einem Federkiel darauf. Dann werfe ich den Zettel in den Kelch.

Ich lache kurz auf.

Es ist nicht meine Stimme, die sonst so sanft und friedlich ist.

Den anderen Namen schreibe ich auf den nächsten Zettel. Ich stehe auf und werfe auch diesen in den Kelch.

Ein Blitz zuckt, gefolgt von einem ohrenbetäubenderen Knall.

Der Blitz hat eingeschlagen. Der Sturm ist auf dem Höhepunkt. Ich schaue kurz durch die geöffnete Tür in den Park. Kein Regen, und dennoch zaust der Wind die Blätter der alten Bäume.

Ich lache! Mein Lachen dröhnt durch den Raum.

Es ist, als hätte ich lange auf diesen Moment gewartet, und doch bin ich in diesem Moment nicht anders als jene, die ich hasse.

Doch es muss sein.

Für ihn!

Nur für ihn.

Weil ich ihn liebe.

Er ist nicht wie ich, er ist schwach! Das habe ich gestern erkannt. Er würde die Schmach nicht länger ertragen.

Das muss er nicht!

Ich öffne den kleinen ledernen Beutel und streue etwas von dem Pulver über die Zettel in dem Kelch.

Dann zünde ich die Kerze an.

Die Kerze, deren Licht nicht leuchtet.

Ich tropfe etwas Wachs in den Kelch.

Mit einem leichten Plopp beginnt alles zu brennen.

Es riecht verbrannt und ich kann die Schmerzen spüren, die ich erzeuge, und die Schreie.

Das tut gut.

Eine weitere Träne rinnt über meine Backe. Ich spüre, dass diese anders ist. Ich wische sie ab und sehe, dass meine linke Hand nun blutverschmiert ist.

Es ist mir egal!

Als das Feuer erloschen ist, habe ich den letzten Namen auf einen der Zettel aus Pergament geschrieben und eine neue Zeit eingestellt.

Ich lege ihn behutsam in den Kelch.

Dann öffne ich eine kleine Karaffe und gebe etwas Flüssigkeit auf den Zettel.

Mehrere Donner lassen das Schloss in einer noch nie dagewesenen Weise erzittern.

Die Flüssigkeit beginnt den Zettel aufzulösen und zu vertilgen, als sei dieser nie in dem Kelch gewesen.

Blutige Tränen rinnen nun über mein Gesicht.

Ich renne auf die Terrasse und werfe meine Arme nach hinten. Der warme Regen prasselt in mein Gesicht.

Ich schreie, als könnte ich dem Donner trotzen:

„ultionem mean timetis!"

Meine Tränen vermischen sich mit dem Regen und tränken meine Bluse in ein tiefes Rot.

Die Kerze, deren Licht nicht leuchtet, ist erloschen.

Es ist vorbei!

Der Schmerz ist unerträglich!

Ich übergebe mich immer wieder. Doch nur noch grüne Flüssigkeit würge ich hoch.

Mir ist kalt und ich liege am Boden meines Büros.

Der Druck auf meinem Bauch hat nun meinen ganzen Körper erfasst.

Ich kann nicht aufstehen.

Ich kann nicht Hilfe holen.

Doch vielleicht ist das eine Chance.

Eine Chance für Frieden und Ruhe!

Ich muss den Schmerz ertragen.

Ein anderer Schmerz, der nicht so schlimm ist wie jene, die in meine Seele eindringen.

Dann wird es vorbei sein.

Ich schließe die Augen und sehe meinen braunen Hund, wie er über eine blühende Wiese rennt.

Das ist so schön.

Mein Puls wird schwach und ich sehe das Plateau und Veronika. Sie winkt mir zu. Daneben stehen die Löwen und machen eine Geste des Willkommens.

Ich rieche den Duft des Flieders.

Alles in mir wird ruhig.

Ich möchte zu ihr rennen.

Doch je schneller ich renne, desto weiter entferne ich mich von ihr.

Ich höre Stimmen.

Jemand ruft meinen Namen und hält meinen Kopf nach oben. Ich spüre einen Kuss und höre die Stimme meiner Frau.

„Alles wird gut, hörst du! Ich liebe dich! Ich brauche dich! Bleib bei mir!"

Ich drehe mich um!

Ich bin zu erschöpft. Wie ich nach oben gekommen bin, weiß ich nicht mehr. Ich lasse mich nass und dreckig auf mein Bett fallen.

Ich rieche das Blut an mir.

Erst jetzt bemerke ich, dass der Sturm nachgelassen hat, jedoch noch immer präsent ist.

Erschreckt fahre ich hoch.

Es ist noch nicht vorbei, sagt die Stimme in meinem Kopf.

Panisch renne ich in den Gang und rufe nach Johann.

Ich reiße mir die schmutzigen Kleider vom Leib.

Es eilt, ich habe kaum noch Zeit.

Im Kampf gegen das Eine habe ich das Andere, jenes, dass ich so lange versucht habe zu ergründen, fast übersehen.

Ich höre den Donner und die schweren Schritte von Johann.

„Den Wagen und meine Tasche! Schnell!", sage ich ihm, der mich sehr verdutzt und mit großer Sorge ansieht.

„Mylady! Was haben Sie getan?"

„Es eilt!", schreie ich ihn an.

Er dreht sich um und verschwindet.

Ich weiß, dass er die Dinge richtet, wie ich es will.

Auch wenn er anderer Ansicht ist.

Ich wasche mich mit dem Krug, so gut es geht.

Dann ziehe ich mir die modernen Kleidungsstücke an.

Ob ich ihm gefalle?

Was für ein unwichtiger Gedanke.

Es geht nun um alles.

Um ihn!

Seinen Schwur, sein Leben.

Bis dass der Tod sie scheidet, sagt die Stimme in meinem Kopf. Doch ich gebe ihr nicht nach. Es könnte so einfach sein. Doch er gehört erst mir, wenn alles erfüllt ist. Ich habe noch kein Recht auf ihn. Nicht der Schmerz anderer soll uns verbinden, sondern unsere Liebe.

Und wenn ich dazu wieder viele Jahre warten muss.

Ich renne die Treppe hinunter und versuche mir dabei gleichzeitig die Schuhe anzuziehen.

Warum nimmst du immer diese unbequemen ...

„Weil ich groß wirken will!", murmele ich. Johann steht unten neben dem Bild und hält mir die Tür auf. Den weißen großen Sportwagen mit dem Wappen auf den Türen hat er bereits geparkt.

Ich nicke ihm dankend zu. Ich schnappe mir die blaue Tasche und renne die Stufen hinunter.

Ich gebe Gas. Der Regen ist wieder schlimmer geworden.

Als ich kurz vor dem dunklen Wald bin, möchte ich wieder anhalten.

Doch ich tue es nicht.

Im Gegenteil, ich gebe Gas und fahre hindurch.

Auf die andere Seite.

Zurück.

Zu ihm!

Es riecht nach Desinfektionsmitteln. Ich höre Stimmen. Stimmen, die flüstern.

Meine Augen sind geschlossen.

Habe ich geträumt?

Vielleicht, dann wäre alles nun vorbei.

Das wäre gut!

Schritte nähern sich mir.

Ich sollte die Augen öffnen.

Doch ich traue mich nicht.

Ich spüre einen Kuss auf meiner Wange und eine zärtliche Hand auf meiner Stirn.

„Immer noch Fieber!", sagt meine Frau.

Ich öffne die Augen und sehe sie an.

Ihre Augen sind wässrig. Sie hat geweint.

Wegen was?

Wegen mir, sage ich zu mir selber.

„Hey! Was machst du denn für Sachen?" Sie küsst mich.

„Ich, ich … weiß nicht!", stottere ich und verspüre starken Durst. Ich sehe sie an. Sie trägt ihre Dienstkleidung. Alles in Weiß.

Ich schaue mich um. Ich liege in einem Krankenzimmer.

In einem Krankenzimmer in ihrem Krankenhaus.

Ist das gut?

Ich weiß auch dies nicht, doch möchte ich daran glauben.

Ein Schlauch führt in meinen Arm.

„Was ist das? Was ist mit mir?"

„Schsch! Nicht so viel sprechen! Du bist zu schwach! Warum erzählst du mir nicht, wie schlecht es dir geht?"

Ich möchte antworten, doch ich kann nicht. Meine Zunge ist wie gelähmt.

„Aber das ist nicht so wichtig! Wichtig ist, dass du wieder auf die Beine kommst. Ich brauche dich doch!" Ihre Stimme wirkt besorgt und zittrig. Nur mit Mühe kann sie eine Träne unterdrücken.

Ich spüre, dass sie mir nicht alles sagt.

Auch sie will mich beschützen, so wie ich sie.

Wir sind ein gutes Team!

Es sind noch weitere Patienten in meinem Zimmer.

Menschen, die ich nicht kenne.

Das mag ich nicht.

Doch ich kann es ja nicht ändern.

„Du hast Schmerzmittel bekommen!", sagt meine Frau und küsst mich erneut.

„Schlaf jetzt!" Sie geht einen Schritt von meinem Bett weg.

Sie redet mit jemandem, den ich nicht erkenne. Auch diese Person trägt weiße Kleidung.

Ich bin müde und erschöpft. Zu müde und doch möchten meine Ohren hören, was gesagt wird.

„Sehr ernst! Vermutlich Endstadium! Genaueres morgen früh nach dem CT."

Ich bekomme Angst! Warum eigentlich? So wie es scheint, werde ich mein Messer nicht mehr benötigen.

Die Dinge regeln sich von allein.

Und doch habe ich Angst!

Vor dem Tod? Jener, der uns eines Tages alle einmal besucht?

Nein!

Aber davor, versagt zu haben. Ich wäre geflüchtet. So erscheint es mir mit einem Male. Gestern war dies noch anders.

Doch jetzt, da es keinen Ausweg mehr gibt.

Es gewinnen die anderen.

Doch was gewinnen sie?

Wer sind sie?

Ich werde müde und meine Gedanken beginnen zu verschwinden.

Vielleicht ist alles besser so.

„Ha!" Ein Lachen, welches überheblich klingt, kommt noch einmal über meine Lippen.

Ich denke an die Polizisten und ihr dummes Gesicht, wenn sie von meinem Tod erfahren.

Doch dann sehe ich Veronika. Sie hat eine Falte auf ihrer Stirn. Sie ist in Sorge.

Um mich!

Ich bereite ihr Kummer.

Das möchte ich nicht.

Doch ich habe keine Möglichkeit mehr, etwas zu ändern.

Das neue Auto fährt schnell.

Ich mag das. Doch jetzt habe ich angehalten. Nur kurz. Mein Blick fällt über die kleine Stadt hoch zur Burg.

Es ist lange her!

Dann sehe ich den Turm der Kirche. Er ist groß und ich spüre die Dunkelheit und die Kälte, die er mir entgegenstreckt.

Es ist lange her!

Und ich wollte nicht zurückkommen.

Nie mehr.

Doch für ihn bin ich gekommen.

Das ist eine Aufgabe.

Meine Aufgabe!

Ich fahre weiter und biege in den kleinen Parkplatz ein. Das Haus ist hell erleuchtet. Ich werde meinen Weg finden.

Ich entferne die Spange in meinen Haaren und lasse diese locker fallen.

Ich möchte schön aussehen, umwerfend, einmalig!

Für ihn?, fragt die Stimme.

„Ja!", lüge ich, denn ich weiß es besser.

Ich möchte, dass alle sich nach mir umdrehen und sehen, was für eine großartige Frau ich bin.

Sie sollen Ehrfurcht haben und vielleicht Angst.

Doch das gefällt mir nicht. Ganz und gar nicht. Ich will keine Angst erzeugen.

Ich gehe durch die automatische Tür, die noch geöffnet ist. Niemand nimmt mich wahr!

Niemand dreht sich nach mir um. Ich höre das klackende Geräusch meiner Absätze auf dem Kunststoffboden.

Ich frage niemanden nach dem Weg. Denn mein Herz findet ihn von allein!

Es kommen mir immer mehr junge Frauen entgegen. Alle tragen weiße Kleidung. Ich mag weiß und das helle Blau dazu.

Doch die Frauen irritieren mich. Immer denke ich: Die ist es!

Die könnte es sein!

Ich will sie nicht treffen.

Nie!

Sie bekommt alles.

Und ich helfe ihr dabei.

Wie dumm bist du, sagt die Stimme in meinem Kopf.

Doch ich ignoriere sie.

Ich will nicht, dass es ihr so ergeht wie mir.

Dafür werde ich verzichten und all die Schmerzen ertragen.

Darum bin ich hier!

Und weil ich ihn liebe und einen weiteren Moment für mich erhoffe.

Der Gang ist halbdunkel und leer. Die Patienten sollten schlafen, doch ich spüre, dass er Schmerzen hat.

Vorsichtig drücke ich die Klinke und schlüpfe in das Zimmer.

Er liegt in dem ersten Bett neben der Tür. Seine Haut ist schon ganz gelb und ich rieche den Atem des Todes.

Doch Gevatter Tod muss sich dieses Mal gedulden.

Denn ich bin zurück.

Ich streiche ihm über die Wange. Ich küsse seine Stirn.

Er weiß, dass ich da bin!

Er ist so schön und doch gezeichnet von all den Schatten.

Ich hole einen Stuhl und setze mich dicht neben sein Bett. Seine Hand fühlt sich kalt an.

Du warst zu zaghaft! Deshalb ist er in Gefahr. Die Stimme in meinem Kopf hat recht.

Doch es ist noch nicht zu spät.

Ein Geräusch lässt mich aufschrecken.

Doch es war nicht die Tür. Ich will ihr nicht begegnen.

Nie!

Jemand hält meine Hand. Ich spüre, wie alles in mir wieder zurückkehrt.

Zurück ins Leben.

Ich spüre ihre zarten Lippen auf meiner Stirn.

Ich öffne die Augen und sehe in das tiefe Türkis ihrer Augen. Doch die Falte verrät mir, dass sie sich sorgt.

Ich versuche mich aufzusetzen. Eine unbeschreibliche Freude erfasst meine Gedanken und meine Seele.

„Hallo!", versuche ich zu sagen, doch es kommen kaum Worte aus meinem Mund.

Sie legt ihren schlanken Zeigefinger auf meinen Mund.

„Schhh! Streng dich nicht so an!" Sie lächelt. Dieses Lächeln würde mich immer wieder auf die Beine bringen.

„Warum hast du mir nicht Bescheid gesagt! Ich bin doch dein Freund!"

Sie hat recht, und dafür schäme ich mich.

„Ich, ich ... habe mich geschämt!", sage ich und eine Träne lässt sich kaum unterdrücken.

Sie rempelt mich an.

„Aber doch nicht vor mir! Du hast nichts getan! Versprich mir, dass du mir von nun an alles erzählst. Man kann nicht alles mit sich selber ausmachen." Ihre Falte ist deutlich zu sehen.

Ich nicke.

„Ich kann den Auftrag nicht ausführen! Und ich kann dir das Geld dafür nicht zurückzahlen!" Und ich kann nun die Tränen nicht länger zurückhalten.

Veronika nimmt mich in den Arm.

„Es ist alles gut! Glaub mir! Niemand wird dich mehr beschuldigen, dafür habe ich gesorgt!"

Ihre Stimme wirkt plötzlich kühl und konsequent. Ich verstehe nicht, was sie mir sagen will.

„Ja, aber ich werde wohl sterben!", sage ich und meine Arme beginnen zu zittern.

Ich habe Angst, dabei war ich es doch selber, der den Schatten entfliehen wollte.

Nun, da es unausweichlich ist, habe ich Angst.

Ich bin ein Feigling.

Veronika hält meine Arme fest.

„Ja, das ist wohl sicher, aber glaub mir, es werden noch Jahre vergehen!"

„Aber ich habe doch gehört wie die Ärzte ..."

„Die Ärzte! Wenn ich das schon höre! Was wissen denn die? Nichts, diese Scharlatane! Ist das deine Wasserflasche?" Für einen Augenblick habe ich in ihren Augen einen Schatten vorbeihuschen sehen. Doch ich kann mich auch getäuscht haben.

Ich nicke, da das Sprechen mir immer schwerer fällt.

Sie holt einen kleinen ledernen Beutel aus ihrer Tasche, öffnet diesen und entnimmt ein braunes Pulver, welches sie in meine Wasserflasche streut.

Das Wasser verfärbt sich goldbraun. Faserige Teile schwimmen darin.

„Sooo, einmal bitte austrinken!" Sie reicht mir die Flasche.

„Aber ich soll nüchtern bleiben, sagen ..."

„... und gesund werden! Vertraust du mir?" Ihre Augen leuchten und doch sehe ich etwas Furcht, ich könnte sie enttäuschen. Doch das werde ich nicht.

Nie!

Nicht heute und nicht an irgendeinem anderen Tag!

Es gibt niemanden, dem ich mehr vertrauen würde.

Ich antworte nicht, sondern trinke die Flasche aus. Es schmeckt modrig und etwas nach Pilzen.

Doch ich werde auch so sterben.

„Was ist das?"

„Ach, nur Kräuter, du weißt ja, wir Adligen sind gerne als Kräuterhexen verschrien!" Sie lacht.

„Du bist doch keine Hexe!" Ich lache.

Wir lachen und es tut unheimlich gut.

Keiner meiner Zimmergenossen scheint etwas davon zu merken.

„Nein!? Was bin ich dann?"

„Für mich eine Fee!" Ich bekomme rote Wangen.

Veronika schaut verlegen zur Seite.

„Ich, ich … danke!" Sie küsst mich auf den Mund. Ihr Kuss schmeckt angenehm und weich.

Ich möchte mehr davon.

„So, jetzt musst du schlafen! Besuchst du mich morgen?"

„Ich kann nicht! Ich denke, ich werde noch eine Weile hierbleiben müssen!", sage ich und das Sprechen fällt mir schon leichter.

Sie zwinkert mir zu.

„Morgen um drei!"

Dann ist sie verschwunden. Doch der Duft nach Flieder bleibt.

Mein Körper wirkt entspannt.

Ich werde etwas schlafen. Und dann, und dann ...

Ärzte! Wenn ich das schon höre! Doch er kann nichts dafür.

Ich lehne erschöpft an der Zimmertür.

Fast hätte ich es gesagt.

Fast wären die Worte über meine Lippen gekommen.

Doch ich hätte ihn damit gedrängt.

Das will ich nicht.

Das darf ich nicht.

Ob ich diese Worte je zu ihm sagen darf?

Ich weiß es nicht.

Der Gang ist dunkel und ruhig. Am Ende ist das Stationszimmer hell erleuchtet.

Dort sitzt sie.

Kurz denke ich darüber nach, sie mir anzusehen.

Doch ich bin für den Schmerz nicht bereit.

Ich drehe mich um und gehe zum Ausgang. Meine Schritte erzeugen ein Geräusch.

„Hallo!" Ich höre die Stimme, die ich nicht hören will.

Ich gehe weiter.

„Hallo, Sie da!" Es ist die Stimme einer Frau. Ich bleibe stehen. Mein Herz beginnt zu pochen. Ich möchte wegrennen, doch es ist schon zu spät. Ich höre ihre Schritte.

„Die Besuchszeit ist längst vorbei!" Ihre Stimme ist sanft und doch energisch.

Jetzt ist sie direkt bei mir.

Es ist unausweichlich.

Ich muss mich den Schmerzen stellen.

Ich drehe mich um und fahre zusammen.

Ihre Augen sind blau. Nicht so wie die meinen, doch ich sehe die Liebe in ihr und die Sorge um ihn.

Sie hat lange blonde Haare, die sie zu einem Zopf gebunden hat. Ihr Gesicht ist schlank und ihre Lippen tiefrot.

Meine Gedanken beginnen zu schweben.

Diese Lippen küssen ihn.

Doch daran möchte ich nicht denken.

Doch ich spüre die Liebe.

Von ihr.

Zwischen ihnen.

Und mit einem Mal wird mir die Tatsache bewusst.

Du hast keine Chance.

Nie gehabt.

Ich werde ihn verlieren.

Ihn, den ich besessen habe.

Du wusstest es.

Du hast es längst akzeptiert.

Vielleicht ist es so.

Doch die Wahrheit ist anders. Ich hatte gehofft!

Mir etwas vorgestellt!

Gewünscht!

Und mir eingebildet, ich hätte ein Recht darauf.

Doch sein Schwur gilt ihr.

Nur ihr.

Und er wird ihn erfüllen.

„Entschuldigung, aber ich suche meine Mutter! Es steht schlecht um sie!", lüge ich.

„Oh, kommen Sie, ich schaue nach! Wie heißt sie denn?"

„Amalie von Grottenstein!", sage ich und merke, dass ich die Wahrheit sage.

„Hmmmm, ich bin mir sicher, einen solchen Namen haben wir nicht in der Kartei."

Sie lächelt mich an. Es ist ein nettes, ja liebes Lächeln, dem ein Mann verfallen kann.

Sie geht zurück zum Stationszimmer.

„Ich bin gleich wieder da!", sagt sie freundlich.

Doch ich bin bereits weg.

Weg, um den Schmerz zu ertragen.

Es fällt mir schwer, den Weg zu gehen. Es ist, als läge eine Last auf mir. Doch ich muss hier weg. Schnell.

Die Luft vor dem Krankenhaus ist frisch und kühl, jedoch nicht kalt.

Fast denke ich, es ist eine Sommernacht.

Noch ist nicht Sommer.

Doch bald.

Danach folgt der Herbst.

Doch da werde ich nicht mehr hier sein.

Das weiß ich jetzt sehr genau.

Ich lehne mich an einen kleinen Baum. Meine Beine sind schwach, und der Weg zum neuen Wagen noch weit.

Ein junger Mann in weißer Kleidung kommt auf mich zu. Er ist braun gebrannt. Er bleckt seine Zähne. Ich spüre, dass er mich attraktiv findet.

„Kann ich Ihnen helfen? Ist Ihnen nicht gut?"

Nein, du kannst mir nicht helfen! Niemand kann mir helfen! Nicht jetzt und schon gar nicht damals. Diese Worte möchte ich ihm an den Kopf werfen, doch ich tue es nicht.

Ich bleibe höflich!

Ich werde ihn vergraulen!

„Nein! Danke, es geht schon wieder! Es ist halt am Anfang etwas schwierig!" Ich streiche mir mit der Hand über meinen Bauch.

„Oh! Verstehe! Na, dann alles Gute!", sagt er und ich kann die Enttäuschung in ihm spüren.

Doch dies ist nichts gegen meine Enttäuschung. Ich gehe den kleinen Weg zu meinem Wagen entlang. Es ist friedlich!

So war es früher hier nicht.

Sollten sich die Menschen geändert haben?

Doch dann erinnere ich mich an den Morgen.

Sie haben sich nicht geändert, sagt die Stimme in meinem Kopf.

Ich steige ein und sehe den beleuchteten Kirchturm. Jetzt kann ich die Kälte noch mehr spüren, die er mir entgegenstreckt.

Kälte und Tod.

Es wurde ein CT bei mir gemacht. Und jetzt sind alle fröhlich. Meine Frau weint und lacht dabei.

Ich verstehe das nicht.

Auch ist der Druck verschwunden.

Plötzlich!

Keine Schmerzen mehr!

Es ist alles gut.

Eine Kollegin meiner Frau hat gesagt, ich dürfte in einer Stunde nach Hause!

Aber ich sterbe doch?

Dann gehe ich wirklich nach Hause.

Mehrere Ärzte stehen um mein Bett und schütteln die Köpfe.

„Unbegreiflich! Fast ein Wunder! Fehldiagnose!" Ich höre nur Bruchstücke.

Meine Frau kommt zurück! Eigentlich hätte sie längst Feierabend. Doch ist sie noch immer da.

Bei mir!

Sie küsst mich!

„Alles ist wieder gut!", sagt sie und hört mit dem Küssen nicht mehr auf.

„Dann sterbe ich nicht!", sage ich und höre mich dabei selber schluchzen.

„Doch! Aber noch nicht heute! Auch nicht morgen! Noch lange nicht!" Sie lacht und trotzdem laufen ihr eine Menge Tränen herab.

Ich lache auch.

Es ist ein etwas anderes Lachen, doch es ist auch schön.

Ein Sonnenstrahl fällt durch das Fenster und blendet mich. Er ist so hell und schön.

Fast ist es mir, als bräche nun eine neue Zeit für mich an.

Die Schatten sind verjagt.

Für immer?

Ich weiß es nicht und vermag es auch nicht zu glauben.

Doch für heute schon.

Als ich gestützt von meiner Frau durch die automatische Tür das Krankenhaus verlasse, sehe ich einen Fliederbaum.

Er ist fast verblüht.

Ich versuche dennoch den Duft der Blüten in mich aufzunehmen.

Doch ich rieche nichts.

Ich denke an Veronika und wie sehr sie mir fehlt.

Dann blicke ich zu meiner Frau und bin froh, dass ich sie habe.

Ich parke den Wagen vor dem Brunnen und steige aus. Es ist still. Noch nicht einmal die Vögel sind schon aufgestanden. Und doch graut schon der Morgen.

Das Unwetter ist vorbei und die Sonne findet zurück in den Park.

Ich bin erschöpft, doch ich weiß, dass ich nicht schlafen kann. Ich muss noch etwas gehen. Langsam bummle ich durch den Park. Ich sehe das Rudel und den Hirsch.

Er sieht mich kommen und geht etwas auf mich zu.

Ich höre seine Stimme in meinem Kopf.

Sie sehen erschöpft aus! Kraftlos! Die Menschen sind schlecht!

Er umrundet mich und geht dann an meiner rechten Seite mit mir durch die nassen Wiesen.

„Er nicht!"

Er gehört zu ihnen.

„Er ist anders!"

Ist es nicht derselbe Schmerz wie vor langer Zeit! Derselbe?

Ich antworte nicht, doch ich weiß, dass er recht hat.

Ich möchte nicht, dass er recht hat.

Aber ich bin mir sicher, dass es richtig ist, hier zu sein.

Genau jetzt und bei ihm.

Denn ich bin seine Waffe.

Und wir haben die Schatten geschwächt.

Doch ich spüre, dass sie noch nicht gänzlich vertrieben sind.

Noch nicht!

Meine Frau biegt rasant in das kleine Dorf ein, in dem wir wohnen. Auf der Straße sind Absperrungen und ein großer schwarzer Fleck.

„Was ist denn das?", frage ich.

„Oh, ja, das habe ich noch nicht erzählt! Gestern war hier ein schlimmer Unfall. Ein LKW hat einen grünen Kombi mit zwei Polizisten frontal gerammt!"

„Gestern?", murmele ich.

„Ja, noch vor 12, glaube ich!"

„Grüner Kombi!", murmele ich und mein Kopf versucht die Dinge zusammenzusetzen.

„Zwei Polizisten?" Meine Frau nickt.

„Und wie geht es ihnen?"

„Jede Hilfe kam zu spät. Sind in ihrem eigenen Fahrzeug verbrannt. Sogar das ganze Fahrzeug ist verbrannt. Der Fahrer des LKWs kam als Notfall zu uns. Er hatte einen Schock!"

Ich beginne zu schwitzen und schlucke trocken.

„Beide tot?", murmele ich und meine Frau nickt abwesend, als ob sie die Nachricht nicht weiter interessiere.

„Versprich mir, dass du dich jetzt schonst!" Ihr Gesichtsausdruck wirkt ernst.

Doch noch steht das Kartenhaus auf wackeligen Füßen. Und ohne das Geld von Veronika wäre es längst eingestürzt.

Ich lüge!

„Ja, ich verspreche es dir!" Ich küsse sie und merke, dass es anders ist als mit Veronika.

Ich gehe in mein Büro.

Der Anrufbeantworter leuchtet.

Es gibt Nachrichten, die ich nicht hören will.

Eigentlich sind fast nie Nachrichten dabei, die ich hören will.

Doch ich höre sie ab.

Denn es gibt keinen Ausweg.

Ich höre die vertraute Stimme von Herrn Birkner. Ich soll ihn zurückrufen.

Er weiß nicht, dass ich im Krankenhaus war.

Wie knapp es war.

Ich muss noch seine Rechnungen bezahlen.

Unbedingt.

Gleich!

Bald!

„Ich verspreche es!", murmele ich.

„Ha, da habe ich ja einen Glückspilz in der Leitung!", sagt er und mir ist gar nicht zum Lachen zumute.

Weiß er, dass ich im Krankenhaus war?

Wer könnte es ihm gesagt haben?

Wissen es alle?

Alle, die es nicht wissen sollten?

„Warum?", sagt meine geschwächte und belegte Stimme.

„Die Anzeige ist vom Tisch! Mich hat gerade der leitende Staatsanwalt angerufen. Dieser hat den Fall übernommen, da der eigentliche Bearbeiter heute Morgen beim Joggen tot umgefallen ist!"

„Was?"

„Tot, und die Akten sind wohl bei einem Verkehrsunfall verbrannt. In dubio pro reo!"

„Was!?"

Er seufzt:

„Im Zweifelsfalle für den Angeklagten! Glückwunsch! Das wollte ich nur sagen!"

„Danke!", stottere ich und lege auf.

Alles beginnt sich zu drehen.

Die Schatten sind gewichen!

Ich sollte Veronika besuchen!

Lügen ist nicht meine Sache und doch lüge ich.

Warum?

Weil es einfach ist?

Weil es der bequemere Weg ist.

Vielleicht.

Doch manchmal ist es auch der Weg, um keine Schmerzen zu erzeugen.

Mit einer Lüge fahre ich den Weg, den ich kenne.

Der mir vertraut ist.

Den ich so gerne fahre.

Denn er führt mich zu ihr.

Die Schranke ist offen; das ist jetzt immer so, seit ich das erste Mal den Weg durch den dunklen Wald zum Schloss genommen habe.

Als ich aussteige und das angenehme Plätschern des Brunnens höre, denke ich an meine Frau. Sie wäre geblieben, doch ich habe sie belogen.

Ich habe gesagt, ich würde mich ausruhen und sie könne gerne zur Schicht.

Sie wird anrufen!

Bald!

Dann sollte ich zu Hause sein.

Zwei Hände legen sich von hinten über meine Augen.

Ich höre das Geräusch ihres Atmens, ich rieche ihren Duft.

Alles in mir bebt und will nur das eine.

Ich drehe mich um und küsse Veronika.

Sie küsst mich.

Wir küssen uns.

Wir umarmen uns und halten uns fest.

Keiner spricht.

Denn zwischen uns ist alles so, wie es sein sollte.

Der Moment gehört uns.

Niemand kann uns hier stören, niemand sehen, niemand beneiden.

Das ist gut so.

Als wir durch das Büro gehen, bewegt sich das goldene Pendel der Uhr fast nicht.

Es ist kühl geworden und ich sitze auf einem kleinen Sofa, dass mit rotem Plüsch bezogen ist. Die Füße und die hölzernen Teile sind mit Gold überzogen.

Veronika kniet vor einem Kamin aus weißem Marmor. Das Feuer beginnt prasselnd zu brennen.

Ich sollte zurück.

Sie wird anrufen.

Und sich Sorgen machen.

Doch ich kann nicht.

„Kirschholz!"", sage ich und nehme den fruchtigen Geruch des Rauches in mich auf.

„Mein Experte!" Sie lächelt und steht auf.

Ich zittere.

„So kalt?" Ich sehe die Falte auf ihrer Stirn.

„Nein, nur all die Dinge!"

Ihr Blick wirkt sorgenvoll.

„Sind die Dinge nicht vorbei?"

Ich schüttele den Kopf.

„Noch nicht alle, aber es wird!" Ich schenke ihr ein Lächeln, das gequält wirken muss.

„Erzähl es mir!", sagt sie und nimmt meine Hand.

„Zuerst: Ich muss dir das Geld zurückgeben, aber ich kann es im Moment noch nicht!"

„Nein, das musst du nicht! Ich habe dir bereits das Geld für die zweite Woche überwiesen!" Ihre Augen strahlen.

„Aber das geht nicht, ich kann gerade nicht arbeiten!", sage ich und meine Stimme zittert.

„Das musst du nicht! Und ich weiß, du wirst es tun, sobald du zu Kräften gekommen bist!"

Sie klatscht in die Hand und augenblicklich öffnet Johann die Tür.

Er trägt ein Tablett aus Gold.

Ich schäme mich, dass er mich so sieht wie ein Häufchen Elend.

Ich hätte gerne, dass er seinen freien Tag hat.

„Danke, Johann! Ich brauche Sie heute nicht mehr!"

Er verneigt sich vor Veronika und schenkt mir noch einen seiner verächtlichen Blicke.

„Sehr wohl!"

Dann schließt er die Tür von außen.

„So, alles brav aufessen. Iss so, wie es dir guttut!", sagt Veronika und zwinkert mir zu.

„Woher weißt du das?"

„Kräuterhexe! Schon vergessen?" Wir lachen und das Feuer spendet Wärme.

Ich esse etwas, doch das braucht sehr viel Zeit. Fast denke ich, ich werde nie mehr richtig essen können.

Doch wen wundert's, gestern hatte ich noch eine Krebsdiagnose und heute bin ich geheilt.

Fast!

„Und?"

„Was?"

„Deine Sorgen, was noch?" Sie nimmt wieder meine Hand.

Ich küsse sie.

„Danke!", murmele ich.

„Für was?", flüstert sie.

„Dass du da bist!" Ich sehe ihre dankbaren, aber auch interessierten Augen.

„Naja, das mit dem Geld schaffe ich schon, aber da ist noch eine andere Sache. Ich kann wohl keine Kinder bekommen!" Ich schaue in ihre tiefen Augen und bemerke kurz wieder einen Schatten.

Doch das bilde ich mir sicher nur ein.

„Kinder! Ein kleines Mädchen oder einen Jungen?", murmelt sie und schaut mich nicht an. Ihre Hand wirkt plötzlich kühl.

Ich habe sie verletzt!

Warum?

Ist da mehr zwischen uns?

Etwas, das ich mir nicht eingestehen will.

„Ja!", höre ich mich sagen und fühle dabei einen Schmerz.

Sie steht auf.

„Das glaube ich nicht! Das kannst du! Bestimmt!" Sie küsst mich.

Ich denke, wir sollten noch einen Tee trinken.

Als ich meinen Tee trinke, sehe ich Tränen in ihren Augen.

„Was ist mit dir?" Ich nehme ihre Hand, die noch kälter wirkt.

„Nichts, ich freue mich nur, dass du wieder gesund bist!" Sie umarmt mich so fest sie kann.

Doch ich spüre, dass sie lügt.

Er ist zurückgefahren.

Zurück zu ihr.

Ihr, der er gehört.

Hinter dem dunklen Wald.

Bei jenen, die tot sind und die ich noch immer hasse.

Doch ich hasse auch die anderen, die so sind wie sie und die noch nicht tot sind.

Ich sitze auf der Treppe und habe meine Knie angezogen.

Das hilft gegen das heftige Zittern. Meine Tränen rinnen bereits die Stufen hinunter. Gleich wird die Sonne alles um das Schloss zum neuen Leben erwecken.

Nur nicht mich.

Ich höre die schweren Schritte von Johann.

„Mylady! Kommen Sie, ich bringe Sie zurück in das Schloss!" Seine Stimme ist sanft und besorgt. Er hätte jetzt das Recht, mir Vorwürfe zu machen. Doch das tut er nicht. Er nimmt meinen Arm.

Ich schüttele energisch den Kopf wie ein kleines trotziges Kind. Es kommen noch mehr Tränen.

Johann setzt sich neben mich. Ich höre seine alten Knochen knacken.

„Ist er gegangen?"

Wieder schüttele ich den Kopf. Dieses Mal noch energischer.

„Er kommt wieder zurück!"

„Doch nicht für immer?"

„Nein, sicher nicht!"

„Vielleicht nur noch einmal. Das letzte Mal." Meine Stimme wirkt gebrochen.

Ira stupst mich mit ihrer Schnauze an. Sie möchte nicht, dass ich traurig bin.

„Wir sollten hineingehen!" Johann versucht mich hochzuziehen. Ich weiß, dass er recht hat.

Doch ich bleibe trotzig und die Tränen wollen nicht versiegen. Plötzlich färben sich die weißen Stufen rot. Es ist die Farbe meiner Tränen.

Ira bellt. Ihr Bellen klingt besorgt.

Ich lasse mich von Johann hochziehen. Er muss mich stützen. Ira folgt uns schwanzwedelnd.

Sie ist erleichtert, dass ich mich füge.

In das, was unausweichlich war.

In das, was ich vorausgesehen habe und nicht wahrhaben wollte. Mir ist schwindelig und ich möchte nur noch schlafen und vergessen.

Doch geschlafen habe ich lange genug.

Und vergessen kann ich nicht. Ihn und die Momente werde ich nicht vergessen.

„Mylady müssen sich ausruhen!" Johann hört sich fast wie meine Mutter an.

Doch diese ist längst tot und bei den anderen.

Bei jenen, die ich hasse!

Und diesen Hass kann ich nie vergessen.

Auf halbem Weg nach oben höre ich das Geräusch.

Es kommt mir fast lauter vor als alles, was ich je gehört habe. Es geht mir durch Mark und Bein.

Und ich weiß, wer das Geräusch ausgelöst hat, denn nur eine Person kennt die Nummer.

Und das Läuten des Telefons bringt keine guten Nachrichten.

Das weiß ich, als ich langsam die Treppe wieder nach unten steige.

Iras Bellen verfolgt mich bis in die Bibliothek.

Ich ziehe mir die Decke bis unter mein Kinn. Gerade noch rechtzeitig, dann höre ich Schritte.

Sie hat Feierabend.

Ich höre ihre Schritte, und doch will sie leise sein.

Um mich zu schonen und nicht zu wecken.

Sie küsst mich auf die Wange.

Ich öffne die Augen.

„Hey!" Ihre Augen leuchten so, wie ich sie das erste Mal gesehen habe.

Damals, als wir uns kennenlernten.

„Hey!", antworte ich und fühle mich erschöpft. Die Nacht hat ihre Spuren hinterlassen.

„Wie geht es dir?"

„Besser!"

„Schön! Ich habe angerufen, aber du hast zu tief geschlafen!" Sie küsst mich und kriecht zu mir unter die Decke.

„Ja!", lüge ich und beschließe, dass dies das letzte Mal gewesen ist.

„Bist du jetzt fit?" Sie küsst mich und berührt mich mit ihrer Hand.

„Ich denke schon!", flüstere ich in ihr Ohr.

Sie küsst mich am Hals und dann immer tiefer.

Ich stöhne und merke, wie alles in mir zerfließt.

Ich spüre ihr Verlangen und ihre Liebe.

Ich bin froh, dass ich sie habe.

„Ja!", schreie ich in das Telefon.

„Rebermann, Eure Hoheit, ich möchte mich für die frühe Störung entschuldigen!"

Ihre Stimme wirkt gehetzt. Ich setze mich, da ich weiß, dass nun eine schlechte Nachricht kommen wird.

Ich spüre die Kälte.

So kalt wie der Kirchturm in der kleinen Stadt.

Sie räuspert sich.

„Es ist eine Untersuchung angeordnet! Das Gericht möchte noch Fragen geklärt haben im Zuge der Insolvenz von Herrn Klaar."

Ich sage nichts. Doch meine Hand ballt sich zusammen und mein Blick fällt auf die Truhe.

„Das Problem ist, dass der Insolvenzverwalter und der Rechtspfleger gemeinsame Sache machen, um die Personen der Insolvenz noch um weitere Vermögenswerte zu erleichtern. Dieses Vorgehen haben sie schon bei anderen Firmen angewandt. Deshalb vermute ich, dass dies auch bei Herrn Klaar so geplant ist!"

Ich höre ihre professionelle, kühle Stimme. Doch in mir beginnt ein Feuer zu wüten. Ein Feuer, das zerstören will.

Das Rache nehmen will.

„Ich brauche die Namen und die Uhrzeit!", sage ich und es die Stimme einer anderen, die das fordert.

„Ja, sicher! Aber es gibt da noch eine andere Möglichkeit!"

Ich höre nicht zu. Ich lege ein Blatt Papier vor mich auf die grüne Tischplatte.

„Die Namen, Dr. Rebermann! Die Namen!", zischt die fremde Stimme.

„Hören Sie, Eure Hoheit. Es gibt die Möglichkeit, es nach meiner Methode zu regeln! Deshalb habe ich Sie so früh angerufen. Ich bitte Sie, lassen Sie es mich nach meiner Methode regeln. Vertrauen Sie mir!"

Ich nehme ein Seidentuch und wische das Blut von der Tischplatte. Mein Blick haftet an der Truhe, die mich fordernd zu rufen scheint.

„Ich muss ins Bad!", flüstert meine Frau in mein Ohr und knabbert noch einmal dran.

„Ich komme nach dir!", sage ich und fühle mich so gut wie schon lange nicht mehr.

„Oder wir gehen zu zweit!", sagt sie.

„Nach dir!" Ich küsse sie.

„Okay. Aber hau nicht ab, ja!"

„Wo sollte ich schon hin?"

„Du weißt, was heute für ein Tag ist!", sagt meine Frau triumphierend.

„Nein!", antworte ich wahrheitsgemäß und rekele mich in unserem Bett.

„Es ist DER Tag!" Ihr Lächeln hat etwas Siegessssicheres.

Es braucht etwas Zeit, bis ich es verstehe. Und dann entsteht ein tolles Gefühl der Zufriedenheit.

Du bist auf dem Wege der Besserung, sage ich zu mir selber.

Fast höre ich das Läuten des Telefons nicht.

Fast!

Die Luft ist stickig und der Kragen meines Hemdes kratzt an meinem Hals.

Ich mag keine Hemden, doch meine Frau hat darauf bestanden.

Sie wollte auch mit, doch ich konnte es ihr ausreden.

Nun, da die Enge des Raumes und die des Hemdkragens mich fast nicht atmen lassen, bereue ich es, dass ich hier alleine sitze.

Insgeheim hatte ich gehofft, dass Herr Birkner mich begleitet.

Doch dazu sollte ich vielleicht einmal seine Rechnungen bezahlen.

Wie lange ich schon hier sitze, weiß ich nicht, doch es kommt mir zu lange vor. Meine Hände liegen gefaltet auf dem Stapel von Unterlagen, die Herr Birkner für mich zusammengestellt hat.

Ich fühle mich schlecht und hätte dies vielleicht auch als Vorwand nehmen sollen, die Anhörung zu verschieben.

Doch das ändert nichts.

Ich habe nichts getan.

Ich möchte, dass alles wieder gut wird.

Die Luft scheint dünner zu werden.

Oder bilde ich mir das nur ein.

Ich knöpfe mir den oberen Hemdknopf auf.

Es wird nicht besser.

Veronika wäre sicher mitgegangen.

Doch ich habe ihr nichts davon gesagt.

Warum nicht?

Ich hatte es ihr versprochen.

Ihr alles zu sagen.

Doch ich schäme mich zu sehr.

Für mich und mein Leben.

Die Tür fliegt auf und ein korpulenter Mann Mitte fünfzig rauscht an mir vorbei. Er grüßt nicht. Aber er trägt einen blauen Pullover und kaut auf einem Kaugummi herum.

Er setzt sich an einen Schreibtisch und schaut in die dort liegenden Akten.

„Guten Morgen!", sage ich nach einigem Zögern. Ich möchte höflich sein und so die Stimmung verbessern.

„Ja!", antwortet er barsch und schaut mich nicht an.

Ich schlucke trocken und fühle mich plötzlich wieder wie ein Verbrecher.

Der ich ja auch bin.

Ein Verbrecher.

Ich bin und war verantwortlich.

Niemand sonst.

Deshalb sitzt du jetzt auch alleine da.

Der Rechtspfleger, dessen Namen ich nicht weiß, schaut auf seine Armbanduhr.

Stille.

Stille, die mich fast erdrückt.

Meine Gedanken und Zweifel kommen hoch.

Die Panik kommt zurück.

Was werden sie mich fragen?

Wird alles gut ausgehen, jetzt, wo ich es schaffen könnte.

Jetzt, wo das Kartenhaus ein Fundament bekommen hat.

Ich muss es schaffen, damit ich meine Familie ernähren kann.

Ich wünschte, ich wäre nicht alleine hier.

Ich wünschte, ich hätte einen Freund.

Ich denke an Veronika, als die Tür auffliegt.

Ein übergewichtiger Mann, der in total verschwitzten Klamotten steckt, kommt herein.

„Entschuldigung, Herr Fuchs! Der Verkehr, Sie wissen ja!" Mit einem Handschlag begrüßt der Mann, den ich noch nicht kenne, den Rechtspfleger.

„Kein Problem, Herr Bunzlau! Kein Problem!"

Mich begrüßt auch er nicht.

Ich bin wie ein Aussätziger.

Ein Störfaktor.

Mein Knie beginnt zu zittern.

„Test! In der Sache gegen die Philip Klaar Service GmbH sind heute erschienen: Herr Rechtsanwalt Bunzlau von der Kanzlei Bunzlau und Kollegen, sowie der ehemalige Geschäftsführer Philip Klaar! Herr Klaar weist sich durch die Vorlage seines Ausweises aus! Die Beurkundung der Befragung wird von Rechtspfleger Fuchs durchgeführt. Es ist jetzt 10.36 Uhr."

Der Mann in dem schäbigen Pullover –obwohl es heiß ist – spricht in ein Mikrophon.

Der andere wischt sich mit einem schmutzigen Tuch die Stirn ab.

„Nun, Herr Klaar. So, wie ich die Dinge sehe, sollten Sie eine Privatinsolvenz in Betracht ziehen", sagt er und schaut mich nicht an. Seine Stimme ist schwülstig.

„Warum?", frage ich mit zittriger Stimme.

Ich fühle die Gefahr für mein Kartenhaus.

„Ja, also da muss ich Herrn Rechtsanwalt Bunzlau recht geben. Sie sind doch noch jung. In acht Jahren ist alles vergessen. Wie wollen Sie sonst die Schulden bezahlen?", sagt der Mann mit dem Pullover, an dessen Namen ich mich nicht erinnern will.

„Ich schaffe das schon!", sage ich trotzig.

„Also ich denke, anhand der Zahlen ist das ganz unmöglich!", sagt der verschwitzte Mann und blättert, ohne mich eines Blickes zu würdigen, in seinen Akten.

„Ich schaffe das!" Meine Stimme wird fester. Ich lasse mir nur ungern etwas sagen, das mich einengt.

„Herr Klaar, Herr Bunzlau meint es doch nur gut mit Ihnen! Ich bin sicher, er würde auch die Privatinsolvenz für Sie übernehmen!", sagt der Mann mit dem Pullover. Seine Stimme hat plötzlich etwas gekünstelt Freundliches.

„Ha, aber dann muss alles auf den Tisch! Auch die Schwarzarbeit von Herrn Klaar!", sagt der Rechtsanwalt und schaut mich immer noch nicht an.

Meine Hand knallt auf den Tisch. Ich springe wutentbrannt auf.

„Wenn noch einmal jemand eine solche Sache behauptet, dann hole ich die Polizei!", schreie ich durch den Raum.

Beide Männer sehen sich an.

Stille.

Die Tür wird wieder aufgestoßen und ich rieche den Duft des Flieders.

Eine sehr große blonde Frau betritt den Raum. Ihre Haare hat sie hochgesteckt und in ihrem Arm hält sie eine schwarze Mappe.

Eine Mappe mit einem Wappen, das von zwei Löwen gehalten wird.

Sie gibt mir die Hand.

„Dr. Rebermann! Hallo, Herr Klaar!"

„Hallo!", stottere ich und bemerke, wie schlank Frau Rebermann ist.

„Ich muss schon bitten! Das ist eine geschlossene Anhörung!", sagt der Mann mit dem Pullover.

„Das hoffe ich! Das hoffe ich, Rechtspfleger Fuchs!", sagt sie und ich sehe, wie bei Rechtspfleger Fuchs Unbehagen wächst.

Frau Rebermann setzt sich nicht.

„Was soll das?", sagt der andere Mann und wischt sich den Schweiß ab.

„Nun, in einer Anhörung hat man das Recht auf juristischen Beistand. Ich vertrete die Interessen von Herrn Philip Klaar!" Sie reicht mir eine Vollmacht, die ich sofort unterschreibe.

„Hier ist die Vollmacht!" Sie lächelt süffisant und der Rechtspfleger zuckt nur mit den Schultern.

„Die Anhörung ist hiermit aufgehoben! Hier erhalten Sie die Bestätigung des Richters. Das Insolvenzverfahren ist aufgehoben. Die Philip Klaar Service GmbH hat alle Verbindlichkeiten beglichen und hat dank eines neuen Partners ausreichende liquide Mittel!" Frau Rebermann zwinkert mir zu.

Ich sage nichts.

Kann ich nicht.

„Alle weiteren Unterlagen sind in dieser Mappe." Frau Rebermann wirft jedem eine kleine Mappe hin.

Ich erkenne das Wappen darauf.

Die Männer schweigen und blättern in der Mappe.

„Ja, dann ist ja alles erledigt!", sagt der Rechtspfleger und steht auf.

„Nicht ganz!" Frau Rebermann wirft jedem eine weitere Mappe hin.

„In dieser Mappe finden Sie Beweise, die Ihre Machenschaften und Ihre Betrügereien aufdecken." Sie holt eine kleine goldene Taschenuhr heraus.

„Ich werde in genau 5 Minuten Anzeige bei der Staatsanwaltschaft gegen Sie beide erheben. 5 Minuten bleiben Ihnen, um sich selber anzuzeigen! Des Weiteren sollten Sie, Herr Bunzlau, Insolvenz anmelden!" Ihr Lächeln lässt alles erfrieren in dem Raum.

Fast denke ich, dass ein Pullover doch nicht so falsch wäre.

„Waaas? Was erlauben Sie sich?" Herr Bunzlau ist aufgesprungen und schreit umher.

„Sie schulden meiner Mandantin eine siebenstellige Summe. Wenn diese nicht bis 12 Uhr auf dem Konto meiner Mandantin ist, dann werde ich gegen Sie Insolvenz eröffnen! Ich denke, Sie wissen, wer meine Mandantin ist, Herr Bunzlau!"

Plötzlich verlässt der Mann im Pullover fluchtartig das Zimmer. Herr Bunzlau fällt apathisch zurück auf seinen Stuhl.

„So, das hätten wir!" Frau Rebermann lächelt mich an und schüttelt meine Hand.

Ich kann noch immer nichts sagen.

„Draußen wartet jemand auf sie!" Ihre Augen sehen freudig aus und stecken mich an.

„Veronika!", murmele ich, als ich aus dem Zimmer stürze.

Noch immer habe ich einen Krampf in meiner rechten Hand. Doch es wird besser.

Es war auch besser, auf Frau Dr. zu hören.

So ist die Angelegenheit erledigt und die Schatten sind nun für alle Zeit vertrieben.

Für ihn!

Für mich werden diese ihre Anstrengungen noch einmal intensivieren.

Doch das ist jetzt egal.

Ich sehe, wie eine widerliche Type aus dem Gerichtsgebäude rennt. Fast wäre er angefahren worden. Die Autos bremsen und hupen.

Seine Taten treiben ihn in den Untergang.

Schön!

Das gefällt mir.

Schon für diesen Moment hat es sich gelohnt, zurückzukommen.

Ich stecke mir eine Zigarette an.

Eine mit Menthol-Geschmack.

Das Nikotin fließt in meine Lunge und dann in meinen Körper.

Ich werde ruhiger und meine Gedanken können sich wieder ordnen.

Doch als ich sehe, dass die Tür wieder aufgeht, ist der Effekt verpufft.

Ich bin nervös wie eine Schülerin bei ihrem ersten Date.

Das Gefühl ist so schön.

Ich möchte es nie mehr verlieren.

Er kommt aus der Tür und schaut sich um.

Er sucht mich.

Er weiß, dass ich da bin.

Dass ich es war, der die Schatten vertrieben hat.

Seine Augen leuchten.

Ich freue mich.

Den Geruch des Gerichtsgebäudes werde ich wohl nie vergessen.

Doch ich weiß, als die dicke Tür hinter mir zufällt, dass die Schatten vertrieben sind.

Dann sehe ich sie.

Sie trägt ein kurzes hellblaues, fast durchsichtiges Kleid. Dazu hohe weiße Schuhe. Sie lehnt lässig an einem sehr teuren Sportwagen. Einer, bei dem die Türen nach oben aufgehen.

Einen solchen habe ich schon einmal im Fernsehen gesehen.

Glaube ich.

Ihre Augen leuchten bis zu mir herüber.

Ja, ich spüre das Feuer der Sehnsucht daraus.

Ich renne wie ein kleiner Junge über den Parkplatz.

„Hi! Geht's dir gut?", flüstert sie mir in mein Ohr, als wir uns küssen.

„Das warst du!", sage ich und unterdrücke eine Freudenträne.

„Was?" Sie spielt die Unwissende.

„Alles! Einfach alles!", sage ich und möchte sie nicht mehr loslassen.

„Es ist jetzt alles gut!", flüstert sie und ich sehe das Flackern in ihren türkisfarbenen Augen.

Ich nicke und spüre für einen Moment meine Füße nicht mehr.

„Holla!" Veronika fängt mich auf.

Wir lachen!

„Was ist denn das?", frage ich und rempele sie an.

„Ein Automobil!", sagt sie freudig.

„Echt? Fliegt es auch?", frage ich spaßig.

„Finden wir es heraus!", sagt sie und hüpft in den Wagen. Ich stehe noch immer daneben.

„Oder hast du noch einen anderen Termin?" Ihre Augen leuchten erwartungsvoll!

„Nein!", sage ich und meine Stimme wirkt schüchtern. Als ich umständlich um den Wagen gehe, sehe ich zurück zur Eingangstür des Gerichtsgebäudes. Dort steht Frau Dr. Rebermann und hält eine braune Aktentasche vor ihren Knien. Sie winkt uns zu.

Ich winke zurück.

Mir fällt ein, dass ich ihr gar nicht gesagt habe, wie dankbar ich ihr bin.

„Wo gehen wir hin?", frage ich und versuche mich anzuschnallen.

„Spaß haben, einfach Spaß haben!", sagt Veronika und startet den Wagen, der sich fast wie ein LKW-Motor anhört.

Als sie Gas gibt, bin ich noch immer nicht angeschnallt und werde in den Sitz gedrückt.

Veronika jauchzt auf. Als ich mich umdrehe, um den Anschnallgurt zu finden, sehe ich, wie ein Notarztwagen auf den Parkplatz des Gerichtes einbiegt.

Wir rasen durch die kleine Stadt und dann auf die Autobahn. Jetzt gibt sie noch mehr Gas.

Es ist ein heißer Tag und Veronika öffnet das Verdeck.

„Stört es dich?", ruft sie und ich schüttele den Kopf.

Im Gegenteil, es macht mir Spaß.

Noch nie war ich so gelöst in meinem ganzen Leben.

Ich schnalle mich nicht an.

Denn ich weiß, dass mir nun nichts mehr passiert. Nicht, solange Veronika bei mir ist.

Ich möchte, dass sie immer bei mir ist.

Aber das wird sie ja auch.

Denn sie ist meine Freundin.

Wir sind Freunde und immer füreinander da.

Das ist so schön.

Sie legt ihre schlanke Hand auf mein Knie.

Ich mag das und entspanne noch mehr.

Ich denke nicht an meine Frau.

Wir fahren zu schnell. Nein wir fliegen eigentlich. Das ist so schön. Ich sehe zu ihr.

Wie ihre Haare im Wind wehen.

Wie freudig alles an ihr wirkt.

Fast glaube ich, dass ich träume.

Doch ich erlebe das alles wirklich.

„Du fährst zu schnell!", sage ich und lache.

„Niemals! Das geht noch schneller!" Veronika gibt Gas und ich werde noch fester in den Sitz gedrückt.

„Du wirst noch geblitzt!", sage ich, doch sie kann mich nicht hören.

Ich jauchze und halte meine Hände in den Wind.

Frei!

Ich bin frei!

Und am Leben!

Fast hätte ich den geraden Pfad verlassen.

Doch das ist die Vergangenheit.

Die Zukunft gehört wieder mir!

Uns!

Uns?

Ich sehe sie an. Das könnte ich für Stunden tun.

Sie ist so schön.

Wir werden langsamer!

Ich sehe einen Polizisten.

Wir werden heraus gewunken.

„Jetzt bekommst du einen Strafzettel!", sage ich und höre mich fast wie mein alter Lehrer an.

„Wetten, dass nicht!", sagt Veronika und rempelt mich an.

„Um was?"

„Ich bekomme einen Wunsch frei!" Sie bekommt rote Wangen.

„Ja, wenn du gewinnst! Und andersherum?" Meine Stimme ist siegesssicher. Ich sehe den Polizisten auf den Sportwagen zu kommen.

Sie lächelt. „Dann hast du einen Wunsch frei!" Ich merke, wie ich nun rot werde. Ich habe keine Wünsche mehr. Ich darf mir nichts mehr wünschen. Sie hat schon zu viel für mich getan.

Im Wagen vor uns sehe ich einen kleinen Jungen, der mir zuwinkt. Ich winke zurück.

Einen Wunsch.

Einen, den ich noch habe!

Es wäre schön.

Sehr schön!

„Fahrzeugkontrolle!", sagt der Polizist, der eine dunkle Sonnenbrille trägt.

Ich mag keine Polizisten mehr.

„Oh, ich glaube, Sie irren sich!" Veronika lächelt ihn an. Doch dies ist ein anderes Lächeln, eines, dass überheblich und kalt wirkt.

Siegessicher.

Sie kramt in ihrer Handtasche und holt ein kleines goldenes Kärtchen heraus.

Sie reich es dem Polizisten.

„Oh, Eure Hoheit! Entschuldigen Sie, dass ich Sie nicht gleich ..."

„Keine Sorge, ich werde es Ihnen nachsehen! Können wir?" Sie wirkt kühl und berechnend.

So habe ich sie noch nie erlebt.

„Ja selbstverständlich! Möchten Sie Geleitschutz?" Der Polizist beginnt zu zittern und zu schwitzen.

„Nein, das wird nicht nötig sein!" Veronika gibt Gas und der Polizist kann gerade noch ausweichen.

Ich erschrecke mich.

„Was war das jetzt?", frage ich erstaunt und schon recht ungläubig.

„Gewonnen!" Sie lacht und ist wieder die Alte.

„Waas?"

„Wette gewonnen und damit habe ich einen Wunsch frei!" Sie rempelt mich an.

„Okay, was wünscht du dir?" frage ich etwas muffelig, da ich nicht gerne Wetten verliere.

„Mal sehen!" Sie lacht und der Auspuff röhrt.

Wir fliegen auf die große Stadt zu.

Um Spaß zu haben.

Ich traue mich nicht noch einmal zu fragen, was sie dem Polizisten gegeben hat.

Die Stadt ist groß. Ich war schon einmal hier.

Das ist lange her.

Ich fühle mich nicht recht wohl in einer Stadt.

Hier ist so vieles fremd für mich.

Ich bin fremd.

Doch ich bin ja nicht allein.

Die untergehende Sonne taucht die Häuserschluchten in ein warmes Orange.

Sie fährt eine enge Auffahrt zu einem futuristisch aussehenden Gebäude hoch.

Ich bin mir nicht sicher, ob ich den Stil des Architekten schön oder hässlich finden soll.

Sie hält und beide Türen werden von zwei Typen, die eine Art Uniform tragen, geöffnet.

Veronika bemerkt mein Unbehagen.

„Oh, Entschuldigung! Ich wollte etwas essen! Möchtest du auch? Oder sollen wir woanders hin?" In ihrer Stimme liegt Unsicherheit.

„Schön ...!", sage ich mit belegter Stimme.

„Fein! Es wird dir gefallen!"

Als sie um den Sportwagen herumkommt, hakt sie sich bei mir unter. Wir gehen über einen roten Teppich und ich fühle mich schäbig angezogen.

Doch das wusste ich ja heute noch nicht.

Wir werden in einen Saal geführt, der komplett verglast ist. In den Nischen und Ecken stehen große Bonsai-Bäume.

Die untergehende Sonne erleuchtet alles.

Mein Blick fällt über den großen Fluss, der von den Quellen meiner Heimat gespeist wird.

Wir bekommen einen Tisch in einer Nische mit atemberaubenden Ausblick.

Mir wird heiß. Denn ich habe kein Geld dabei.

Schon lange nicht mehr.

Wo soll ich es auch herholen.

„Alles gut bei dir?", flüstert Veronika, als der Ober ihr ein Glas Sekt hinstellt.

Ich bekomme auch eines und habe es gar nicht bestellt.

„Ich, ich ...!" Ich stottere.

„Ja?"

„Gibt es hier einen Geldautomaten in der Nähe?", flüstere ich und bin mir dabei eigentlich sicher, dass ich dort eigentlich kein Geld bekommen werde.

Doch einen Versuch wäre es wert.

„Warum? Oh, du willst mich einladen?" Veronika sieht mich mit einer unbeschreiblichen Freude an.

Ich nicke.

Ich würde dies sehr gerne tun.

Mich bedanken.

Für alles.

Für ihre Freundschaft.

Sie klappt ihre Speisekarte zu und zeigt mit der Hand, an der der große Ring heute wieder steckt, auf ein Wappen.

Ein Wappen, dass ich jetzt kenne.

Ein Wappen, das von zwei Löwen gehalten wird.

„Das ist dein Restaurant?" Ich bin zu laut.

„Schsch! Sagen wir, es gehört der Familie!"

„Aha!" Ich schaue mich um wie ein Fremder, der noch nie ein solches Gebäude gesehen hat.

„Wir müssen nichts bezahlen!" Sie legt ihre Hand auf meine. Und schaut mich an, als könne sie meine Gedanken lesen.

Ich schlucke trocken und sehe in ihre tiefen Augen, die einen gefangen halten.

„Ich, ich ...!"

„Hunger?" Sie fällt mir ins Wort.

Ich nicke.

„Darf ich aussuchen?"

Ich nicke wieder.

„Schön!"

Ich nehme einen Schluck Sekt und spüle alles hinunter, was ich sagen wollte.

Es wäre falsch gewesen und doch hätte es mein Herz gerne herausgeschrien.

Doch es geht nicht.

Ich denke an meine Frau und an den Jungen, der mir vorhin zugewinkt hat.

Wir lachen und ich erzähle.

Dinge die ich noch niemandem erzählt habe.

Dinge, die mich begleiten, belasten, anspornen, aber auch lähmen.

Dazu essen wir Dinge, deren Namen ich nicht einmal kenne.

Und wir trinken zu viel.

Zu viel Alkohol.

Das haben die Ärzte eigentlich verboten.

Veronika mag keine Ärzte und ich eigentlich auch nicht.

Deshalb ist es mir egal.

Immer wieder sehe ich in ihre Augen.

Die unheimliche Tiefe fasziniert mich und hält mich immer mehr gefangen.

Noch nie habe ich jemandem so viel über mich erzählt.

Und noch nie hat jemand so lange und interessiert zugehört.

Ich habe noch nie einen Menschen wie Veronika getroffen.

Ich könnte ihm für immer zu hören.

Endlich vertraut er mir und schüttet dabei sein Herz aus.

Ich möchte ihm für immer zu hören.

Nie hat mir jemand vertraut.

Immer wurde ich nur ausgenutzt und betrogen.

Ich war niemand und nun bin ich ein Freund.

Mehr werde ich nie sein.

Ich habe gespürt, dass er für einen Moment schwach war. Er drohte von seinem Weg abzukommen.

Doch das darf er noch nicht.

Er muss seinen Schwur halten.

Ich schließe die Augen und höre seine Stimme.

Ich genieße seine Stimme.

Ich möchte ihm für immer zu hören.

Als wir das Restaurant verlassen, albern wir wie Teenager. Ich spüre die missbilligenden Blicke der Ober. Doch ich ignoriere sie.

Ich kenne diese Menschen nicht.

„So kannst du nicht mehr fahren!", sage ich und rempele sie an.

„Nein, das kann ich nicht! Du?" Sie rempelt zurück.

„Nein, keine Chance!"

Dann sehe ich einen dicken glänzenden Wagen mit den zwei Löwen und dem Wappen.

Johann hält die hintere Tür auf.

Sein Blick lässt alles gefrieren. Ich spüre den Hass, den er mir entgegenbringt. Ich bin es, der Veronika dazu bringt, Dinge zu tun, die er missbilligt.

Doch das ist mir egal.

Ich kenne ihn nicht wirklich und möchte dies auch nicht vertiefen.

„Zum Schloss?", fragt er mit eiskalter Stimme.

„Zuerst fahren wir Herrn Klaar nach Hause." Veronika kichert und wir fallen auf den Rücksitz des Wagens, der größer ist als meine Couch zu Hause.

„Gewiss!"

Johann schließt die Tür und steigt ein.

Wir knutschen wie Teenager.

Wir fahren los.

Durch die große Stadt und die Nacht, die nie enden sollte.

Mein Kopf liegt auf ihrem Schoß und die Augen fallen mir zu.

„Oh, Entschuldigung! Bist du nicht müde?"

Sie legt ihren schlanken Zeigefinger auf meinen Mund.

„Schsch. Du weißt doch, ich brauche nicht viel Schlaf. Lass dich fallen! Ich bin da!"

Ich höre ihre Stimme und falle in einen tiefen Schlaf.

Ich spüre den Zorn von Johann. Zorn gegen ihn, da er die Ursache der Schmerzen sein wird. Die Ursache der Enttäuschung und die Ursache meiner Tränen.

Ich weiß, dass er es gut meint.

Doch dies ist ganz und gar meine Sache.

Ich halte ihn fest.

Jetzt.

In dieser Nacht.

Und doch weiß ich, dass ich ihn wieder gehen lassen muss.

Bald.

Ich streichle ihm über die Wange.

Er ist so hübsch und liebreizend.

Ich kichere über das Wort aus einer anderen Zeit.

Eigentlich meiner Zeit und doch wir sie dies nie mehr sein.

Meine Zeit liegt noch im Dunkel der Zukunft.

Unsere Zeit.

Und Zeit wird es dazu brauchen.

Ich werde warten müssen.

Lernen zu warten.

Ich küsse ihn auf die Stirn.

Ich möchte ihn nie mehr loslassen.

Nie mehr!

Ich sehe hinaus zum Fenster in die dunkle Nacht.

Und in eine dunkle Zukunft.

Ich lache überlegen.

Du hast eine Zukunft! Die anderen sind längst vergangen, sagt die Stimme in meinem Kopf.

Ich erschrecke und setze mich auf. Meine Augen versuchen zu erkennen, wo wir sind.

Ich sehe das Schild zu dem kleinen Dorf, wo ich wohne.

Wo wir wohnen.

„Ich habe lange geschlafen, oder?", frage ich und es ist mir peinlich, dass ich eingeschlafen bin. Veronika küsst mich auf die Stirn.

„Das hat dir gutgetan!", flüstert sie.

Ich sehe mein Haus.

„Wir können hier halten!", rufe ich und Johann fährt bei meinem Nachbarn in den Hof.

„Wohnst du hier?", fragt Veronika verwundert.

„Nein, aber ich möchte noch ein paar Schritte gehen!", lüge ich.

Ich küsse sie kurz auf die Wange und hüpfe hastig aus dem Wagen.

„Hey, das war aber kurz!", sagt Veronika und ich höre etwas Freches in ihrer Stimme.

Sie steigt auch aus und ich werde nervös.

Sie legt ihre Arme um meinen Hals und küsst mich inniglich auf den Mund.

Ich verkrampfe meinen Körper, der sich nun wie ein Brett anfühlt.

Mein Blick fällt auf das Fenster in meinem Haus.

Dort, wo noch gedämpftes Licht brennt.

Sie wird sich Sorgen gemacht haben.

Ich winde mich fast aus ihren Armen und gehe schnell weiter.

Zu meinem Haus.

Ich hebe die Hand zum Gruß.

„Danke! Bis morgen!"

Sie sagt nichts.

Doch sie winkt!

Kurz!

Dann steigt sie ein und Johann fährt zurück.

Ich bleibe stehen und sehe den Lichtern des Wagens nach, bis sie verschwunden sind.

Ich fühle mich schäbig.

Ich bin nicht anders.

Ich bin wie jene, die ich hasse.

Egoistisch und verlogen!

Eigennützig und hinterhältig.

Warum habe ich mich nicht richtig verabschiedet?

Warum habe ich mir Gedanken gemacht, dass mich jemand sehen könnte?

Was jene dann von mir denken?

Warum bin ich nicht an meinem Haus ausgestiegen?

Warum habe ich gelogen?

Ich bin wie jene, die ich hasse.

Ich lüge, ich betrüge, ich denke nur an mich!

Ich habe sie verletzt!

Das wollte ich nicht, doch ich kann den Schmerz spüren.

Das ist nicht gut!

Das bin nicht ich!

Als ich den Schlüssel in die Tür stecken möchte, wird diese aufgerissen. Meine Frau fällt mir um den Hals. Sie küsst mich. Sie streichelt und drückt mich.

Sie freut sich.

„Alles ist vorbei!", flüstere ich.

„Ich weiß, deine Rechtsanwältin hat mir Bescheid gesagt, dass alles erledigt ist und du etwas später kommst." Sie lächelt und küsst mich weiter.

„Ja, bis das mit den Papieren erledigt war!", höre ich mich lügen.

„Komm rein! Ich freue mich so!"

Ich werde nun nicht mehr lügen, sage ich zu mir selber.

Als wir uns weiter küssen, fällt mein Blick aus dem Fenster in die dunkle Nacht. Dort, wo ich gerade noch die Lichter gesehen habe, ist nun nur Dunkelheit und Leere.

Mein Gewissen will mir etwas sagen, doch ich höre nicht hin.

Ich will es nicht.

Schiebe die Entscheidung einfach weg.

Ich sollte doch wissen, dass dies nicht geht.

Wir fallen auf unser Bett und ich spüre, dass ich nun wieder ein Leben habe.

Meine Gedanken sind da draußen in der Dunkelheit.

Bei ihr!

-----`-----------------

Johann fährt besonnen und schweigt.

Ich zittere und kann die Tränen nicht weiter unterdrücken.

„Er ist wie die anderen!", sagt Johann. Seine Stimme ist farblos.

„Nein! Er ist anders!", sage ich trotzig und möchte es glauben.

Doch ich weiß es, dass es auch so ist.

„Warum sind Sie ausgestiegen? Das war falsch!" Johann hört sich wie ein Lehrer an oder sogar wie mein Vater.

Doch der ist lange tot und mit ihm seine Worte.

„Ich weiß es nicht!", lüge ich.

Doch ich weiß es. Ich wollte provozieren. Ich wollte, dass sie es sieht. Mich sieht!

Dass sie dann die Entscheidung trifft und ihn von seinem Schwur entbindet.

Das wollte ich.

Meine Gedanken sind bei der Truhe in der Bibliothek.

Doch dies ist alles falsch.

Ich habe kein Recht.

Ich bin es, die eindringt in Dinge, die ihr nicht gehören.

Wegen all dem bin ich nicht gekommen.

Johann hat recht! Fast wäre ich zu weit gegangen.

Dann wäre ich wie all jene, die vergangen sind.

Wie all jene, die ich hasse.

Nicht besser.

Sondern gleich.

Egoistisch.

Du hattest deine Momente, sagt die Stimme in meinem Kopf.

Johann lenkt den Wagen durch den dunklen Wald.

Ich lehne mich zurück und versuche zu vergessen.

Die Momente und die Gefühle.

Ich werde es lernen müssen.

Doch noch habe ich einen Wunsch frei.

Einen, den ich nutzen werde.

Nutzen muss.

Bald!

Denn die Zeit ist bald vorbei.

Es ging zu schnell.

Als wir über den Hügel kommen, sehe ich den Mond, der das Schloss anscheint.

Er ist rot. Blutrot wie meine Tränen, die in Sturzbächen über meine Wangen rennen.

Der Sommer ist auf seinem Höhepunkt und die Hitze will dieses Jahr nicht weichen. Für meine Freunde, die alten mächtigen Bäume, ist es fast zu trocken. Auch für meine Arbeit ist es zu heiß.

Doch sie hat mich schon dafür bezahlt und ich freue mich, dass ich nun wieder gesund bin und arbeiten kann.

Was ist dagegen schon ein verschwitztes Hemd?

Als ich schnaufend auf das Plateau komme, sehe ich das weiße Quad.

Ein Lächeln huscht mir über das Gesicht und alles beginnt sich zu freuen.

Ich habe sie nun schon Wochen nicht mehr gesehen.

„Mylady ist verreist!", hat Johann immer gesagt, wenn ich zum Schloss gekommen bin.

Damit musste ich mich begnügen, denn er kann mich halt nicht leiden!

Doch ich kann ihn auch nicht leiden!

Damit haben wir eine Patt-Situation.

Veronika sitzt auf dem alten Baumstamm und winkt mir freudig zu. Sie hält eine Papiertüte hoch.

„Hunger?"

Ich nicke, da ich noch immer außer Atem bin.

Ich küsse sie auf die Wange. Doch ich spüre, dass sie unsicher ist.

Das tut mir so leid.

Ich setze mich neben sie.

„Es tut mir leid!", flüstere ich und sehe dabei auf den Boden. Ich fürchte mich, dabei in ihre Augen zu sehen.

Sie nimmt meinen Kopf und dreht ihn zur Seite. Wir sehen uns nun an. Sie legt ihren schlanken Zeigefinger auf meinen Mund.

„Alles ist gut! Ich bin es, die sich entschuldigen muss! Wir sind doch Freunde!" Ihre Augen flackern und sie ist unsicher.

„Freunde!" Ich umarme sie und drücke sie dabei ganz fest.

Ich spüre, wie gut es tut, einen Freund zu haben.

„Jetzt musst du aber Essen, sonst wird es kalt!" Sie rempelt mich an.

„Kaum, bei der Hitze!" Ich rempele zurück.

Es ist still und nur einzelne Vögel singen ein Lied. Der Wind lässt das Laub der Bäume rascheln, als säße man neben einem Fluss.

„Ich habe da noch einen Wunsch frei!", sagt sie und ihre Stimme wirkt schüchtern.

„Ich weiß, ich habe die Wette verloren!", sage ich mit vollem Mund und sehe ihre roten Wangen.

Plötzlich nehme ich den Geruch des Flieders wieder wahr. Doch die Zeit der Blüte ist längst vorbei.

Sie gibt mir ein Kuvert, das mit Gold überzogen ist. Sogar das Wappen und die Löwen darauf sind aus goldenen Linien dargestellt.

„Was ist das?", frage ich immer noch mit vollem Munde.

„Eine Einladung! Kommst du? Ich würde mich riesig freuen!" Ihre Augen flackern.

„Klar!", sage ich. „So klar wie Klaar!" Wir lachen.

Nie könnte ich ihr einen Wunsch abschlagen.

„Schön!" Sie steht auf und ich sehe die Erleichterung und unglaublich viel Freude in ihr.

Sie steigt auf das Quad.

„Dann bis heute Abend!" Sie winkt und gibt Gas.

Ich winke, doch ich sehe nur noch eine Staubwolke.

Verwundert setze ich mich wieder auf den alten Baumstamm.

Meine Finger sind klebrig und ich möchte das teure Briefpapier nicht schmutzig machen.

Ich wische meine Finger an meiner Arbeitshose ab und versuche das Kuvert vorsichtig zu öffnen.

Das Briefpapier wirkt sehr alt.

Auch die Schrift wirkt wie aus einer anderen Zeit.

An Herrn Ingenieur Philip Klaar:

„Sehr geehrter Herr Klaar, Ihre Hoheit Amalie, Fredericke, Veronika Fürstin von Löwenstein und Gräfin der Grafschaft Neuheide lädt Sie hiermit zum jährlichen Sommerball auf Schloss Löwenstein ein.

Bitte beachten Sie, dass Abendgarderobe Pflicht ist."

„Oje!", rufe ich in den Wald hinein.

Ausgerechnet ein Ball, wo ich doch nicht tanzen kann.

„Es tut mir ja echt leid, aber ich wusste das ja nicht!" Meine Frau drückt mir einen Kuss auf die Wange, während ich mich in eine dunkle Hose zwänge.

„Bist doch etwas dicker geworden!" Sie lacht.

Ich lache auch.

Es ist schön.

Besser!

Besser als es jemals war.

Ich liebe sie.

„Es wird schon gehen! Da es ja nicht kalt wird, brauche ich keine lange Unterhose darunter zu ziehen!", sage ich und lache.

„Bitte nicht! Was denken die sonst von uns!" Meine Frau lacht.

„Wer, die?"

„Na, die Adligen!"

„Meinst du, da sind noch mehr?", frage ich und fühle Unbehagen in mir aufsteigen.

Sie zuckt mit den Schultern.

„Schon! Oder meinst du, es kommen noch mehr Forstleute!" Sie grinst.

„Ha, mach du dich nur lustig über mich!"

Wir küssen uns.

„Also dann viel Spaß und grüß Frau von Löwenstein von mir!"

„Ja, das mache ich!"

Ich steige in den Audi und winke noch einmal.

Heute habe ich nicht gelogen.

Ich habe ihr gesagt, wir wären eingeladen!

Doch eine Lüge?

Habe ich gehofft, sie würde für ihre Kollegin einspringen?

Das wäre schäbig, könnte aber so sein.

Ich verdränge die Gedanken und fahre den Weg, den ich lieben gelernt habe.

Wie so vieles in diesem Sommer.

Als ich über die kleine Anhöhe komme und das Schloss sehe, raubt es mir den Atem.

Alles ist beleuchtet und sieht so schön aus.

Die Kronen der alten Bäume werden noch vom letzten Licht der untergehenden Sonne angestrahlt.

Als ich vor dem Brunnen parke und aussteige, riecht die Luft frisch, ja fast mediterran.

Klänge alter Instrumente erfüllen den Hof mit einem Hauch Historie.

Ich streiche mein Hemd glatt, das mir eigentlich zu eng ist.

Eine Krawatte trage ich nicht, da weder ich noch meine Frau diese binden können.

Eigentlich ist es dafür eh zu warm.

Ich bin nervös.

Sicher werden viele Gäste kommen, die wesentlich eleganter gekleidet sind als ich.

Zum ersten Mal fühle ich mich fast unwohl im Schloss.

Mit jedem Schritt den ich die Treppe emporgehe, werde ich langsamer.

Warum?

Freust du dich denn nicht?

Auf Veronika?

All diese Fragen gehen mir durch den Kopf.

Die Tür steht offen und ich trete ein.

Mein Blick fällt sofort auf das große Bild unter der Treppe.

Sie ist so schön.

Meine Gefühle spielen verrückt.

Liebe ich sie?

Mehr als meine Frau?

Ebenso?

Anders?

Liebe ich beide?

„Willkommen, Sir!"

Johann steht plötzlich neben mir. Ich erschrecke, da er fast lautlos aufgetaucht ist.

„Hallo!", stammele ich.

„Darf ich Sie in den Saal begleiten?"

Ich nicke. Johann heuchelt Freundlichkeit.

Ich kann ihn nicht leiden!

„Ich darf vorangehen!", sagt er mit einer Stimme, die Heiterkeit nur vorgaukelt.

Er wartet eine Antwort erst gar nicht ab.

Wir gehen in eine andere Richtung als sonst.

Ich höre klassische Musik.

Doch sicher bin ich mir nicht, da ich völlig unmusikalisch bin.

Wir gehen einen großen Gang entlang. Der Boden ist aus weißem Marmor und die Wände sind mit goldenen Ornamenten versehen.

Johann hält an einer großen Tür an. Sie steht offen, doch ich sehe, dass sie komplett aus Gold ist.

Er macht eine einladende Geste. Die Musik, die ich höre, ist lauter geworden. Sie kommt aus dem Raum hinter den Türen.

„Mylady erwartet Sie!", sagt er und schiebt mich förmlich in den Raum.

Schüchtern betrete ich den Raum. Der Prunk erdrückt mich förmlich.

Überall Gold.

Ganz vorne im Saal sitzt eine Gruppe Musiker in historischen Gewändern.

Bin ich allein, sage ich zu mir selber.

„Hallo!", sagt die schönste, sanfteste und liebste Stimme auf der ganzen Welt.

Ich drehe mich um und es verschlägt mir die Sprache.

Veronika steht vor mir. Sie hat ihre goldblonden Haare zusammengeflochten. Darin sind unzählige Diamanten eingearbeitet.

Sie trägt ein hellblaues langes Kleid, dass den Rücken nicht bedeckt. Darauf sind Fliederblüten aus Gold gestickt. Ihre türkisfarbenen Augen leuchten noch mehr als sonst.

Sie küsst mich auf die Wange.

„Schön, dass du gekommen bist!" Sie lächelt mich verlegen an.

„Wow! Du siehst umwerfend aus. Ich habe noch nie so etwas Schönes gesehen!", sage ich und meine Stimme ist unsicher.

„Danke!" Ihre Wangen werden rot und sie sieht kurz unsicher zu Boden.

Die Musiker spielen etwas auf.

„Bin ich zu früh?", will ich wissen, da noch immer keine anderen Gäste eingetroffen sind.

„Ein Glas Champagner?", fragt plötzlich eine Art Ober in einer Uniform und hält uns ein Tablett hin. Er trägt eine Perücke und sein Gesicht wirkt blasser als ein Blatt Papier.

„Ja, also, ich ...", stammle ich und denke daran, dass ich noch nach Hause fahren muss.

„Natürlich nehmen wir ein Glas!" Veronika nimmt zwei Gläser vom Tablett und drückt mir eines in die Hand.

„Nein, gerade rechtzeitig! Gleich geht der Ball los!"

Ich trinke das ganze Glas auf einmal aus. Ich brauche Mut.

„Du, ich kann ja gar nicht tanzen!", flüstere ich ihr ins Ohr.

„Ach, das lernst du schon!" Sie zwinkert mir zu.

„Weiß nicht!", murmele ich und schaue zur Tür in der Hoffnung, dass noch mehr Gäste kommen.

„Suchst du etwas?" Veronika schaut mich fragend an.

„Kommen keine Gäste mehr?" Ich schaue noch immer zur der goldenen Tür.

Dann schaue ich in ihre Augen und sehe das Flackern.

„Nein, du bist mein einziger Gast!", sagt sie schüchtern und sehr unsicher.

„Echt!" Ich richte mich wie ein Gockel etwas auf.

Sie rempelt mich an.

„Eingebildet?"

„Stolz!", antworte ich.

„Schön!", sagt sie und nimmt meine rechte Hand und streckt diese in die Höhe.

Dann nimmt sie meine linke Hand und legt sie an ihre Hüfte.

Sie führt mich und ich bewege mich noch wie ein Sack Kartoffeln.

Die Musiker spielen flotter.

Wir beginnen lockerer zu werden.

Ich werde lockerer.

Ich habe Spaß.

Wir haben Spaß.

Tanzen macht Spaß.

Meine Hand hält ihre Hüfte immer fester.

Ich spüre ihre Nähe.

Ihren Körper.

Etwas in mir möchte sie nicht mehr loslassen.

Wir tanzen ohne Pause.

Die Zeit ist für uns nicht existent.

„Hu! Jetzt brauche ich frische Luft!" Veronika hat Schweißperlen auf der Wange. Sie zieht mich auf den Balkon.

Jetzt hören wir die Musik nur noch gedämpft.

Das Rascheln der Blätter der alten Bäume wirkt beruhigend. Ein Ober mit blassem Gesicht bringt uns noch einmal Champagner.

Ich nippe nur daran.

Sie rempelt mich an.

„Du kannst es doch!"

„Ja, wie ein Sack Kartoffeln!"

„Nein, das war echt toll!" Sie küsst mich auf die Wange.

Sie nimmt meine Hand und hält diese fest.

Der Mond geht über den Kronen der alten Bäume auf.

Ich nippe noch einmal an meinem Glas.

Ich möchte gerne etwas sagen.

Etwas, was mich bewegt.

Was mir wichtig ist.

Ich bin nicht gut darin, Dinge zu sagen.

Vor allem Dinge, die mit Gefühlen zu tun haben.

Auch weiß ich nicht, wie ich es sagen soll.

Ich rieche ihren Duft.

Sie drückt meine Hand.

„Egal, was passieren wird, du weißt, dass ich immer da bin!"
Ihre Stimme wirkt gedämpft.

„Natürlich!", rufe ich laut.

„Was soll passieren! Alles wird gut, ist gut!"

Sie drückt noch fester.

„Die Zukunft kann lange dauern! Viele Dinge passieren. Gute
und schlechte. Doch du wirst nie mehr alleine sein. Nie! Ja!" Sie
schaut mich an. Ich sehe ihre tiefen türkisfarbenen Augen.

Wieder sehe ich kurz einen Schatten darin.

Ich möchte etwas sagen.

Mehr als ich darf.

Ich möchte es ihr sagen.

Das alles so bleibt, wie es ist.

Das wir zusammengehören.

Doch das darf ich nicht.

Ich gehöre zu meiner Frau.

Ich sehe, dass sie das fühlt.

Dass ich mich falsch entscheide.

Falsch in ihren Augen.

Muss ich mich entscheiden?

Ich weiß es nicht.

Ich möchte es nicht.

Doch diese Augen, dieses Lächeln.

Doch ich habe einen Schwur getan.

„Schau, eine Sternschnuppe!", ruft Veronika plötzlich.

Ich drücke ihre Hand.

„Wir können uns was wünschen!", sage ich.

„Ja, vielleicht wünschen wir uns ja dasselbe!", sagt sie.

Ich schließe die Augen und sehe alles, was ich mir wünsche.

Einen Traum.

Für einen Moment.

Johann hat mich wortlos nach Hause gefahren.

Ich komme spät oder früh, je nach Ansicht des Betrachters, nach Hause.

Als ich in die Küche schleiche, ist noch Licht im Wohnzimmer.

Verstohlen blicke ich durch den Türspalt.

Meine Frau sitzt mit rotem Kopf am Couchtisch.

„Hi!", sage ich leise und rechne schon fast damit, Ärger zu bekommen.

Ärger, dass ich so lange weggeblieben bin.

Ärger, dass ich überhaupt gegangen bin.

Sie springt auf und küsst mich. Dann nimmt sie meine Hand und zieht mich zur Couch.

„Hey, so stürmisch!", sage ich und spüre noch den Champagner in meinem Kopf.

Ich muss mich setzen. Vor uns liegt ein weißer Stift aus Kunststoff.

„Was ist das?" frage ich, doch tief in mir habe ich bereits eine Vermutung.

Eine, die ich nicht zum Leben erwecken will.

Denn wenn es nicht so ist, wäre ich furchtbar enttäuscht.

„Ja, was ist das wohl?" Der Kopf meiner Frau ist noch röter geworden. Ich spüre ihre Erregung.

„Echt jetzt? Meinst du echt, dass du ...?"

Sie starrt weiter auf ein kleines Fenster und antwortet mir nicht.

Plötzlich umarmt sie mich und wirft mich auf das Sofa. Wir küssen uns.

„Herzlichen Glückwunsch, Herr Klaar! Sie werden Vater."

Ich höre die Worte und schaue auf den Stift.

Eine Welle der unendlichen Freude überfällt mich.

Ich juble und küsse meine Frau.

Ich will es allen sagen.

Hinausrufen.

Einfach so.

Ich bin sooo glücklich.

Wir sind glücklich.

Ich habe Glück.

Ich habe eine Familie.

Das ist so schön.

Ich habe es allen gesagt, die mir wichtig sind.

Damit sie sich mit mir freuen.

Mit uns!

Ich habe noch ein paar Münzen gefunden und extra einen Sekt gekauft.

Natürlich kein Vergleich zu Champagner.

Doch heute ist es mir wichtig, dass ich den Umtrunk ausgebe.

Ich fahre zu schnell in den Hof. Der Kies knirscht, als ich bremse. Eine Staubwolke holt mich ein.

Doch ich bin schon die Treppe hoch gerannt und renne den Gang entlang zu ihrem Büro.

„Veronika!", rufe ich voller Freude.

Eine Freude, die ich mit ihr teilen will.

Denn sie ist mir wichtig.

Sehr wichtig.

Sie ist ein Freund.

Den Besten, den ich habe.

Den ich immer haben werde.

„Veronika!", rufe ich und meine Stimme ist voller Freude.

Voller ausgelassener Freude.

Ich renne in ihr Büro.

Sie ist da.

Sie wirkt erschreckt und erstaunt.

Sie steht auf, doch ihr Blick ist voller Sorge und Angst.

Ich nehme das nicht weiter wahr.

„Ja, hallo!", sagt sie mit belegter Stimme.

Ich stelle mit einem lauten Geräusch die Sektflasche auf ihren Schreibtisch.

Dann packe ich sie an der Hüfte und hebe sie hoch.

„Wir haben was zu feiern!", rufe ich und tanze mit ihr durch den ganzen Raum.

Sie lächelt, doch das ist ein gequältes Lächeln. Ihr Körper wirkt verspannt.

Ich lasse sie herunter.

„Stell dir vor! Wir werden Vater!", sage ich und merke den Fehler.

„Also ich! Ich werde Vater!", rufe ich laut.

Ich sehe in ihre Augen, doch diese verändern sich. Ich sehe keine Freude, die ich erwartet hätte, sondern sehe die Schatten darin.

Ich verstehe es nicht.

Ich gehe den Gedanken nicht weiter nach.

Weil ich mich so freue.

Darum ignoriere ich meine Gefühle, die das Gefühl der Sorge erzeugen wollen.

Doch ich will nicht.

„Hast du zwei Gläser?", rufe ich und schaue mich suchend um.

„Für uns?", fragt sie und ihre Stimme wirkt gebrochen.

„Ja, zum Anstoßen! Gut, der Sekt ist nicht so toll wie der von dir, aber es war mir wichtig, ihn heute selber zu besorgen.

„Hey, das ist lieb von dir!" Ihre Stimme wirkt immer gedrückter. Sie küsst mich auf die Wange. Dann nimmt sie die Sektflasche von ihrem Schreibtisch und kommt zurück.

„Weißt du, ich habe noch so viel zu tun!" Ihre Hand macht eine komische Geste.

„Und dann denke ich, du solltest den heute mit deiner Frau zusammen trinken, ja!"

Ihr Blick wirkt trüb. Das Strahlen ihrer Augen scheint gedämpft zu sein.

Doch all das nehme ich nicht wahr.

Weil ich mich so unendlich freue.

„Ja, aber ...", stottere ich.

„Wir können doch morgen zusammen feiern, oder?" Sie nimmt meine Hand und ich folge ihr in den Gang und dann vor die Tür des Schlosses.

„Ja, sicher! Morgen können wir feiern! Wenn du heute zu viel zu tun hast, dann ...!"

„Ja morgen! Ich freue mich so für dich! Euch!" Das letzte Wort flüstert sie fast.

Sie umarmt mich und küsst mich auf den Mund.

Ich spüre sie.

Ich rieche ihren Duft.

Dann gehe ich die Treppe hinunter.

Vor dem Audi sitzt Ira.

Sie wedelt nicht mit dem Schwanz.

Doch sie kommt her und stupst mich an.

Als wolle sie etwas sagen.

Doch ich höre nicht zu.

Warum nicht?

Weil ich oberflächlich bin.

Weil ich kein Freund bin, doch immer einer sein will.

Weil ich wieder alles falsch mache.

Ich steige ein und lege die Flasche Sekt auf den Beifahrersitz.

Dann gebe ich Gas und winke ihr noch einmal zu.

Ich freue mich auf meine Frau.

Meine kleine Familie.

Kurz bevor ich in den dunklen Wald fahre, sehe ich den weißen Hirsch.

Seine Augen sind starr.

Auch er will mir etwas sagen.

Doch ich höre nicht hin und fahre weiter.

Weiter durch den dunklen Wald.

Zurück.

Zurück zu meiner Frau.

Die Staubwolke ist gleich verschwunden.

Ich wusste, dass es so kommen würde.

Meine Beine tragen mich nicht mehr und ich setze mich auf die Treppe. Ira kommt zu mir hoch und legt ihren Kopf auf meinen Schoß.

Ich spüre das Brennen der Tränen, die nun über meine Wange rinnen.

Ich möchte nicht weinen.

Ich hatte die Momente.

Einen Freund.

Dem ich all das gegeben habe, was ihm niemand geben würde.

Was mir nie jemand gegeben hat.

Was hast du erwartet? Dass er den Schwur bricht? Die Stimme in meinem Kopf ist unbarmherzig.

Doch, ich gebe es zu. Ich habe es gehofft.

Hoffen durfte ich, das tat niemandem weh.

Der Schmerz des Verlustes ist unheimlich heftig.

Schlimmer, als ich es mir vorgestellt habe.

Doch den Lohn dafür habe ich bekommen.

Momente des Glückes und einen Freund.

„Haben wir heute keine Gäste zum Essen!" Die Stimme von Johann ist kalt und monoton. Ich habe ihn gar nicht kommen hören. Mein Kleid ist schon ganz nass und das Fell von Ira auch.

„Nein, wir haben keine Gäste. Nicht heute und auch nicht morgen!", sage ich, doch es ist die Stimme einer anderen, die ich höre.

„Sehr wohl!" Ich höre, wie die schweren Schritte sich entfernen.

Wir haben jetzt sehr lange keine Gäste mehr, sagt die Stimme in meinem Kopf.

„Bis dass der Tod sie scheidet", murmele ich und balle meine Hand zu einer Faust. Dann nehme ich Ira ganz fest in den Arm.

Ich sehe das kleine rote Rinnsal aus meinen Tränen, wie es sich die weiße Treppe hinunterschlängelt.

Meine Frau darf keinen Alkohol mehr trinken.

Das verstehe ich und deshalb habe ich die Flasche wieder auf dem Beifahrersitz liegen, als ich durch den dunklen Wald fahre.

Doch heute wirkt dieser nicht so dunkel als sonst.

Es gibt keine Schranke und die Löwen sehen schäbig aus. Einer ist komplett mit Moos überwachsen.

Doch das fällt mir nicht wirklich auf.

Ich fahre schnell, doch es wirbelt keinen Staub auf.

Es hat geregnet.

Ich kann es kaum erwarten, mit Veronika anzustoßen.

Als ich über die Anhöhe komme, bemerke ich, dass das Schloss sich verändert hat. Es fehlt etwas an Prunk.

Doch ich mache mir keine Gedanken.

Ein neues Schild, das einen Parkplatz ausweist, fällt mir auf.

War das gestern schon da?

Meine Gedanken versuchen sich zu ordnen, als ich einen roten Sonnenschirm sehe, unter dem eine junge Frau mit Schirmmütze auf einem weißen Kunststoffstuhl sitzt. Sie winkt mir zu und macht eine Geste, dass ich anhalten soll.

Ich halte an und lasse die Scheibe nach unten.

„Hallo! Zwei Euro bitte!" Sie lächelt mich freundlich an.

„Zwei Euro! Für was?", frage ich verwundert.

„Parkgebühr!" Sie zeigt auf ein Schild, auf dem das Wappen, das ich kenne, prangt und eine Gebührenordnung.

Reflexartig gebe ich ihr das Geld und bekomme einen Coupon.

Ich fahre weiter und möchte am Brunnen parken. Doch dort ist alles mit weiß-roten Pfosten abgesperrt. Ein älterer Mann mit einer Warnweste gibt mir aufgeregt Zeichen.

Ich folge seinen Zeichen und parke dort, wo eigentlich das Rudel Hirsche sein sollte.

Wann hat Veronika das alles geändert, frage ich mich und gehe zum Brunnen.

Weitere Autos werden eingewiesen. Auf unserer Bank im Park sitzt ein japanisches Pärchen, das ich nicht kenne.

Mein altes Gefühl der Angst kehrt zurück. Doch noch möchte ich es nicht wahrhaben.

Ich gehe am Brunnen vorbei und stecke meine Hand in das kühle Wasser. Dann, als ich bereits die erste Stufe der weißen Treppe nehmen möchte, renne ich zurück und schaue hoch zu dem Pärchen.

Doch das Pärchen ist nicht mehr da. Das Mädchen sitzt allein auf dem Brunnen und das Wasser kommt als Tränen aus ihren Augen. Der Junge, den sie sonst immer im Arm hatte, ist weg.

Ich nehme zwei Stufen auf einmal und dabei kommen mir fremde Leute entgegen.

Mein Gefühl der Angst ist bereits wieder der Panik gewichen.

Doch noch verstehe ich es nicht.

Ich stoße die schwere Tür auf und möchte in ihr Büro rennen.

Ich möchte sie sehen, umarmen, küssen.

Doch ich stoße mit einem dicken Mann zusammen.

Er murrt, doch ich entschuldige mich nicht.

Für was auch.

Was tut er hier?

In ihrem Schloss.

Ich kann nicht in ihr Büro. Ein Ständer mit einer roten Kordel daran verhindert es.

„Hallo! Bitte!" Eine freundliche Stimme lässt mich aufschrecken. Ich drehe mich um und sehe ein Kassenhäuschen.

„Was?", sage ich zu laut.

„Bitte nicht so laut! Gleich beginnt noch eine Führung, wenn Sie sich beeilen." Sie lächelt mich an.

„Was?", sage ich leise.

„10 Euro!"

Alles beginnt sich zu drehen. Ich zittere, doch ich gebe der Frau 10 Euro. Ich wusste nicht einmal, dass ich so viel dabeihatte.

Ich gehe wie in Trance weiter, als ich die Stimme hinter mir erneut höre.

„Was?", flüstere ich und drehe mich um.

„Die dürfen Sie nicht mit in die Schauräume nehmen!" Sie zeigt auf meine Flasche Sekt, die ich noch immer fest umklammert halte.

Ich drücke die Flasche der Frau in die Hand.

„Für Sie!", flüstere ich.

Eine junge Schülerin öffnet die Kordel und wir dürfen eintreten.

Ich stehe vor dem Bild.

Ihrem Bild und ich sehe ihre tiefen Augen und ihr schönes Lächeln.

Die Schülerin begrüßt uns.

Sie erzählt uns Dinge.

Dinge, die ich nicht wissen möchte.

Wir gehen in das Büro. Es ist kalt und leer.

Keine Fliederblüten sind in den Vasen.

Sie erklärt uns die Truhe, die sich nicht öffnen lässt.

Die seltsame Uhr, die ohne erkennbaren Antrieb seit hunderten von Jahren immer weiter geht.

Sie will uns Geschichten von der Fürstin im oberen Geschoss erzählen, doch ich gehe nicht mit.

Ich stelle mich wieder vor ihr Bild. Meine Panik ist der unausweichlichen Gewissheit gewichen, die ich noch immer bekämpfe.

Nicht wahrhaben will.

Sie muss doch hier sein.

Gestern war sie noch genau hier.

Sicher ist sie nur auf einer Geschäftsreise, sage ich zu mir selber.

Doch mein Herz glaubt es nicht.

Tränen finden ihren Weg.

„Wo bist du?", flüstere ich und starre auf ihr Bild.

„Ist sie nicht hübsch!", sagt ein kleiner hagerer älterer Mann, der plötzlich neben mir steht.

„Ja, unbeschreiblich! Wissen Sie, wo sie ist?"

Er lächelt und ich sehe das Schild an seinem Hemd:

Hans Stein, Schlossführer.

„Ja sicher. Heute schon! Es ist doch der 25 Juli! Das ist ihr Geburtstag!"

Meine Gedanken beginnen sich zu drehen.

Der 25. Juli! Mein Geburtstag! Das Sternzeichen der Löwen. Ihr Geburtstag! Die zwei Löwen!

Er sieht auf die Uhr.

„Also, wenn Sie sich beeilen, dann finden Sie sie noch in der Stiftskirche. Aber nur bis 16 Uhr!"

Ich renne aus dem Schloss so schnell ich kann.

Der Mann ruft mir noch etwas nach, doch ich höre es nicht.

Will es nicht hören.

Ich steige in meinen Wagen und fahre viel zu schnell.

Fremde Leute zeigen mir wütende Gesten.

Das ist mir egal.

Ich fahre jetzt zu ihr.

Ich kann sie treffen.

Die Panik ist von Adrenalin vertrieben worden.

Ich suche keinen Parkplatz, sondern parke vor der Kirche in der kleinen Stadt.

Ich war noch nie in dieser Kirche.

Ich mag keine Kirchen.

Es sind kalte, tote Orte.

Die Tür quietscht so laut, dass sie mich hören muss.

Hören, dass ich komme.

Ich habe es doch versprochen.

Erst jetzt fällt mir ein, dass ich ja kein Geschenk habe.

Die Kirche ist groß und aus grauem Sandstein. Der Hochaltar ist prunkvoll aus Gold. Doch hier ist niemand.

„Veronika!", rufe ich und renne durch das Kirchenschiff.

Nichts.

„Veronika!" Meine Stimme hallt von den Wänden zurück.

Plötzlich bemerke ich einen kleinen Mann in einem der Kirchenbänke. Ich gehe auf ihn zu.

„Hallo! Können Sie mir sagen, wo ich Frau von Löwenstein finde! Man hat mir gesagt, dass ich sie hier finde!"

Er schaut mich kurz an und ich sehe in seine wässrigen Augen.

„Fürstin Amalie, Fredericke, Veronika Fürstin von Löwenstein!", verbessert er mich.

„Ja, natürlich!", sage ich und habe das Gefühl, mich entschuldigen zu müssen. Doch ich tue es nicht.

Er schaut auf die Uhr.

„Noch eine halbe Stunde!" Dann zeigt er auf eine kleine Treppe, die nach unten führt.

Meine Panik ist zurück und ich steige hinunter.

Bereits nach der letzten Stufe schluchze ich und der Bach an Tränen lässt sich nicht aufhalten.

Ich stehe vor einem Sarkophag aus weißem und roten Marmor. Darauf ist eine Platte aus Gold; darauf steht:

>Hier liegt Fürstin Amalie, Fredericke, Veronika

25. Juli 1718 – 25. Juli 1753

Getötet durch Neid und Missgunst

Alles dreht sich nun in mir.

„Das kann doch nicht sein!", murmele ich und sehe den weißen Hirsch, der wie ein Beschützer aus Marmor auf dem Sarkophag liegt.

„Ja, ist dies nicht seltsam? Geboren und gestorben am selben Tag!"

Ich erschrecke und sehe den Mann neben mir.

„Und wissen Sie, was noch seltsamer ist? Immer an ihrem Geburtstag steht ein Strauß Fliederblüten neben dem Sarg. Ist das nicht seltsam? Fliederblüten im Juli?" Er schüttelt den Kopf und verschwindet.

Wie ich die Kirche verlassen habe, weiß ich nicht mehr. Mir ist schlecht und ich kann nicht aufhören zu weinen.

Ich setze mich auf die Treppe vor der Kirche und zittere, als ob es kalt wäre.

Mir ist kalt.

Dort unten war es kalt.

Dann sehe ich einen kleinen Jungen, der neben seinem Vater geht und ein großes Eis in den Händen hält.

Der Junge winkt mir zu und lacht.

Ich winke zurück.

Dann wird mir alles klar.

„Du bist nicht hier! Du wirst nie hier sein! Hier ist es kalt und dunkel! Du bist im Leben und im Licht."

Ich stehe auf und gehe nach Hause.

Zu meiner Familie.

„Opa, wir schlafen doch in der Nacht!" Meine Enkelin schaut mich energisch an und hat ihre Arme in ihren kleinen Hüften gestemmt.

„Ja, weißt du, der Opa ist halt schon ein alter Mann!", sage ich und lache.

„Für mich bist du nicht alt, sondern der beste Opa der ganzen Welt!" Sie umarmt mich und rennt zu ihrem Bruder.

Seit jenem Tag bin ich, so oft ich konnte, zum Schloss gefahren. Ich habe immer die Parkgebühr und den Eintritt bezahlt. Dann hörte ich den Geschichten zu. Den Geschichten über Veronika, die niemand hätte besser erzählen können als ich.

So lange man mir es danach erlaubte, stand ich vor ihrem Bild. Danach setzte ich mich immer ganz lange auf die kleine weiße Bank im Park.

Seit ich nicht mehr fahren kann, bitte ich immer meinen Sohn, mich hinzubringen. Natürlich ist dies nicht mehr so oft. Er schüttelt dann immer den Kopf: „Papa, jetzt kennst du doch das Schloss schon auswendig."

Doch er fährt mich dennoch.

Meine Frau bringt mir einen großen Becher Kaffee. Sie küsst mich und streichelt mir über die Wange.

Der Kaffee ist noch zu heiß.

Ich hatte ein schönes Leben und eine gute Frau. Ich liebe sie! Noch immer.

Ich liebe meinen Sohn und all die Enkel.

Über alles!

Ich habe nie mit jemandem über die Dinge damals gesprochen – wer würde mir auch schon glauben?

Meine Frau setzt sich neben mich und legt ihre Hand um meine Hüfte.

Ich mag das.

Ich sehe unseren Sohn in den Garten kommen. Ich winke ihm zu.

Er winkt zurück.

Ich habe ein gutes Leben!

Ich möchte meine Tasse hochheben. Doch sie wirkt zu schwer.

Viel zu schwer!

Ich bin müde!

Jemand ruft meinen Namen.

Noch jemand.

Doch die Stimmen werden leiser.

Immer leiser, bis ich sie nicht mehr höre.

Epilog

Ich fahre durch den dunklen Wald. Meinen Arm habe ich lässig auf dem Fenster meines Audis liegen.

Ich fahre zu schnell und eine Staubwolke bildet sich.

Die beiden Löwen machen eine einladende Geste.

Ich fahre schneller.

Der Kies knirscht, als ich vor dem Brunnen abbremse.

Ich hüpfe aus dem Audi.

Ich sehe hoch zum Brunnen.

Der Junge hält das Mädchen fest in seinen Armen. Sie küsst ihn auf die Wange. Ich nehme zwei Stufen auf einmal. Bevor ich die schwere Tür aufdrücke, schaue ich in den Park.

Dort ist das Rudel der Hirsche und der weiße Hirsch verneigt sich vor mir.

Ich drücke die Tür auf.

Es gibt keinen Johann.

„Veronika", rufe ich und atme den Duft des Flieders ein.

Ich renne in ihr Büro.

Mein Blick fällt auf die Uhr. Jemand hat das Glas zerschlagen und das Pendel liegt auf dem Boden.

Die Uhr ist zum Stillstand gekommen.

Überall sind Fliederblüten in den Vasen.

Dann sehe ich sie.

Sie steht auf der Terrasse.

Sie trägt das blaue Kleid mit den Blüten aus Gold.

„Veronika!", rufe ich und stürme hinaus.

Sie dreht sich um. Ihre tiefen Augen leuchten.

„Ich bin wieder da!", sage ich.

Sie legt ihre schlanken Finger auf meinen Mund.

„Es war sehr lange! Sehr lange!"

Dann küssen wir uns. Und ich halte sie ganz fest.

Für immer!
